百部红色经典

多余的话

瞿秋白 著

北京联合出版公司
Beijing United Publishing Co.,Ltd.

图书在版编目（CIP）数据

多余的话 / 瞿秋白著. -- 北京：北京联合出版公司，2021.7

（百部红色经典）

ISBN 978-7-5596-4917-1

Ⅰ.①多… Ⅱ.①瞿… Ⅲ.①散文集－中国－现代 Ⅳ.①I266

中国版本图书馆CIP数据核字(2021)第013135号

多余的话

作　　者：瞿秋白
出 品 人：赵红仕
责任编辑：李　伟
封面设计：李雅楠

北京联合出版公司出版

（北京市西城区德外大街83号楼9层 100088）

北京新华先锋出版科技有限公司发行

涿州汇美亿浓印刷有限公司印刷　新华书店经销

字数218千字　787毫米×1092毫米　1/16　14印张

2021年7月第1版　2021年7月第1次印刷

ISBN 978-7-5596-4917-1

定价：49.00元

出版前言

为庆祝中国共产党成立100周年，全面展现中国共产党成立以来中华民族辉煌的发展历程、取得的伟大成就和宝贵经验，集中体现中华民族的文化创造力和生命力，北京联合出版公司策划了"百部红色经典"系列丛书，希望以文学的形式唱响礼赞新中国、奋斗新时代的昂扬旋律。

本套丛书收录了近一百年来，描绘我国人民在中国共产党的领导下艰苦奋斗、开拓创新、改革开放的壮美画卷，充分展现我国社会全方位变革、反映社会现实和人民主体地位、弘扬社会主义核心价值观、讴歌中华民族伟大复兴中国梦的100部文学经典力作。

本套丛书汇集了知侠、梁晓声、老舍、李心田、李广田、王愿坚、马烽、赵树理、孙犁、冯志、杨朔、刘白羽、浩然、李劼人、高云览、邱勋、靳以、韩少功、周梅森、石钟山等近百位具有代表性的中国现当代著名作家。入选作品中，有国民革命时期探索革命道路的《革命的信仰》《中国向何处去》，有描写抗日战争的《铁道游击队》《敌后武工队》《风云初记》《苦菜花》，有描绘解放战争历史画卷的《红嫂》《走向胜利》《新儿女英雄续传》，有展现新中国建设历程的《三里湾》《沸腾的群山》《激情燃烧的岁月》，有寻找和重建民族文化自信的《四面八方》，也有改革开放后反映中国社会现状、探索中国道路的《中国制造》，同时还收录了展现革命英雄人物光辉事迹的《刘胡兰传》《焦裕禄》《雷锋日记》等。

本套丛书讲述了丰富多样的中国故事，塑造了一大批深入人心的中国形象，奏响了昂扬奋进的中国旋律。这些经历了时间检验的文学作品，在艺术表现形式、文学叙述方式和创作技巧等方面都具有开拓性和创造性，作品的质量、品位、风格、内涵等方面都具有很高的水准，都是有筋骨、有道德、有温度的优秀作品，很多作家的作品都曾荣获"五个一工程奖""茅盾文学奖""鲁迅文学奖""国家图书奖"等奖项。

为将该套丛书打造成为集思想性、艺术性、时代性为一体，展现新时代文学艺术发展新风貌的精品图书，北京联合出版公司成立了由出版界、文学艺术界的资深专家和学者组成的编辑委员会。他们从文学作品的历史价值、文学价值、学术价值、现实意义等维度对作品进行了深入细致的研读和筛选，吸收并借鉴了广大读者的意见与建议，对入选作品进行深入细致的分析与综合评定，努力将"百部红色经典"系列丛书打造成为政治性、思想性和艺术性和谐统一的优秀读物，向伟大的中国共产党成立100周年这一光荣的日子献礼！

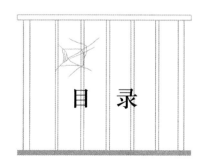

目　录

多余的话

乱　弹

文艺杂著

文艺论辑

骷髅杂记

多余的话

"知我者，

　　谓我心忧；

不知我者，

　　谓我何求。"

何必说（代序）

话既然是多余的，又何必说呢？已经是走到了生命的尽期，余剩的日子不但不能按照年份来算，甚[至]不能按星期来算了。就是有话，也可说可不说的了。

但是，不幸我卷入了"历史的纠葛"——直到现在外间好些人还以为我是怎样怎样的。我不怕人家责备、归罪，我倒怕人家"钦佩"。但愿以后的青年不要学我的样子，不要以为我以前写的东西是代表什么什么主义的；所以我愿意趁这余剩的生命还没有结束的时候，写一点最后的最坦白的话。

而且，因为"历史的误会"，我十五年来勉强做着政治工作——正因为勉强，所以也永久做不好，手里做着这个，心里想着那个，在当时是形格势禁，没有余暇和可能说一说我自己的心思，而且时刻得扮演一定的角色。现

---

　　* 本书收录的作品均为瞿秋白的代表作。其作品在字词使用和语言表达等方面均具有鲜明的时代特色。此次出版，根据作者早期版本进行编校，文字尽量保留原貌，编者基本不做更动。

在我已经完全被解除了武装，被拉出了队伍，只剩得我自己了。心上有不能自已的冲动和需要。说一说内心的话，彻底暴露内心的真相，布尔塞维克所讨厌的小布尔乔亚智识者的"自我分析"的脾气，不能够不发作了。

虽然我明知道这里所写的，未必能够到得读者手里，也未必有出版的价值，但是，我还是写一写罢。人往往喜欢谈天，有时候不管听的人是谁，能够乱谈几句，心上也就痛快了。何况我是在绝灭的前夜，这是我最后"谈天"的机会呢？

瞿秋白

一九三五·五·十七于汀州狱中

"历史的误会"

我在母亲自杀家庭离散之后，孑然一身跑到北京，本想能够考进北大，研究中国文学，将来做个教员度这一世，甚么"治国平天下"的大志都是没有的，坏在"读书种子"爱书本子，爱文艺，不能"安分守己的"专心于升官发财。到了北京之后，住在堂兄纯白家里，北大的学膳费也希望他能够帮助我——他却没有这种可能，叫我去考普通文官考试，又没有考上，结果，是挑选一个既不要学费又有"出身"的外交部立俄文专修馆去进。这样，我就开始学俄文了（一九一七年夏）。当时并不知道俄国已经革命，也不知道俄国文学的伟大意义，不过当作将来谋一碗饭吃的本事罢了。

一九一八年开始看了许多新杂志，思想上似乎有相当的进展，新的人生观正在形成。可是，根据我的性格，所形成的与其说是革命思想，无宁说是厌世主义的理智化。所以最早我同郑振铎、瞿世英、耿济之几个朋友组织《新社会》杂志的时候，我是一个近于托尔斯泰派的无政府主义者，而且，根本上我不是一个"政治动物"。五四运动期间，只有极短期的政治活动，不久，因为已经能够查着字典看俄国文学名著，我的注意力就大部分放在文艺方面了，对于政治上的各种主义，都不过略略"涉猎"求得一些现代常识，并没有兴趣去详细研究。然而可以说，这时就开始"历史的误会"了：事情是这样的——五四运动一开始，我就当了俄文专修的总代表之一，当时的一些同学里，谁也不愿意干，结果，我得做这一学校的"政治领袖"，我得组织同学群众去参加当时的政治运动。不久，李大钊、张崧年他们发起马克思主义研究会（或是"俄罗斯研究会"罢？），我也因为读了俄文的倍倍尔的《妇女与社会》的某几段，对于社会——尤其是社会主义的最终理想发生了好奇心和研究的兴趣，所以也加入了。这时候大概是一九一九年底一九二〇年初，学生运动正在转变和分化，学生会的工作也没有以前那么热烈了。我就多读了一些书。

最后，有了机会到俄国去了——北京《晨报》要派通信记者到莫斯科去，来找我。我想，看一看那"新国家"尤其是借此机会把俄国文学好好研究一下，的确是一件最惬意的事，于是就动身去（一九二〇年八月）。

最初，的确吃了几个月黑面包，饿了好些时候，后来俄国国内战争停止，新经济政策实行，生活也就宽裕了些。我在这几个月内，请了私人教授，研究俄文、俄国史、俄国文学史。同时，为着应付《晨报》的通信，也很用心看俄国共产党的报纸、文件，调查一些革命事迹，我当时对于共产主义只有同情和相当的了解，并没有想到要加入共产党，更没有心思要自己来做中国共产党的"创始人"，因为那时候，我误会着加入了党就不能专修文学——学文学仿佛就是不革命的观念，在当时已经通行了。

可是，在当时的莫斯科，除我以外，一个俄文翻译都找不到。因此，东方大学开办中国班的时候（一九二一年秋），我就当了东大的翻译和助教；因为职务的关系对马克思主义的理论书籍不得不研究些，而文艺反而看得少了。不久（一九二二年底），陈独秀代表中国共产党到莫斯科（那时我已经是共产党员，还是张太雷介绍我进党的），我就当他的翻译。独秀回国的时候，他要我回来工作，我就同了他回到北京。于右任、邓中夏等创办"上海大学"的时候，我正在上海，这是一九二三年夏天，他们请我当上大的教务长兼社会学系主任。那时，我在党内只兼着一点宣传工作，编辑《新青年》。

上大初期，我还有余暇研究一些文艺问题，到了国民党改组，我来往上海广州之间，当翻译，参加一些国民党的工作（例如上海的国民党中央执行部的委员等）；而一九二五年一月共产党第四次全国代表大会，又选举了我的中央委员，这时候，就简直完全只能做政治工作了。我的肺病又不时发作，更没有可能从事于我所爱好的文艺。虽然我当时对政治问题还有相当的兴趣，可是有时也会怀念着文艺而"怅然若失"的。

武汉时代的前夜（一九二七年初），我正从重病之中脱险，将近病好的时候，陈独秀、彭述之等的政治主张，逐渐暴露机会主义的实质，一般党员对他们失掉信仰。在中国共产党第五次大会上（一九二七年四五[月]间），独秀虽然仍旧被选，但是对于党的领导已经不大行了。武汉的国共分裂之后，独秀就退出中央，那时候没有别人主持，就轮到我主持中央政治局。其实，我虽然在一九二六年年底及一九二七年年初就发表了一些议论反对彭述之，随后不得不反对陈独秀，可是，我根本上不愿意自己来代替他们——至少是独秀。我确是一种调和派的见解，当时只想望着独秀能够纠正他的错误观念不听述之的理论。等到实逼处此，要我"取独秀而代之"，我一开始就觉得非常之"不合式"，但是，又没有什么别的办法。这样我担负了直接的政治领导有一年光景（一九二七年七月到一九二八年五月）。这期间发生了南昌暴动、广州暴动，以及最早的秋收暴动。当时，我的领导在方式上同独秀时代不同了，独秀是事无大小都参加和主持的，我却因为对组织尤其是军事非常不明了也毫无兴趣，所以只发表一般的政治主张，其余调遣人员和实行的具体计划等就完全听组织部军事部去办，那时自己就感觉到空谈的无聊，但是，一转念要退出领导地位，又感得好像是拆台，这样，勉强着自己度过了这一时期。

一九二八年六月间共产党开第六次大会的时候，许多同志反对我，也有许多同志赞成我，我的进退成为党的政治主张的联带问题。所以，我虽然屡次想说："你们饶了我罢，我实在没有兴趣和能力负担这个领导工作。"但是，终于没有说出口。当时形格势禁，旧干部中没有别人，新干部起来领导的形势还没有成熟，我只得仍旧担着这个名义。可是，事实上六大之后，中国共产党的直接领导者是李立三和向忠发等等，因为他们在国内主持实际工作，而我只在莫斯科当代表当了两年。直到立三的政治路线走上了错误的道路，我回到上海开三中全会（一九三〇年九月底），我更觉得自己的政治能力确实非常薄弱，竟辨别不出立三的错误程度。结果，中央不得不再召集会议——就是四中全会，来开除立三的中央委员，我的政治局委员，新干部起来接替了政治上的最高领导，我当时觉得松了一口气，从一九二五年到一九三一年初，整整五年我居然当了中国共产党领袖之一，最后三年甚至仿佛是最主要的领袖（不过并没有像外间传说的"总书记"的名义）。

我自己忖度着，像我这样的性格、才能、学识，当中国共产党的领袖确实是一个"历史的误会"。我本是一个半吊子的"文人"而已，直到最后还是"文人结[积]习未除"的。对于政治，从一九二七年起就逐渐减少兴趣，到最近一年——在瑞金的一年，实在完全没有兴趣了。工作中是"但求无过"的态度，全国的政治形势实在懒问得，一方面固然是身体衰弱精力短少而表现十二分疲劳的状态；别的方面也是十几年为着"顾全大局"勉强负担一时的政治翻译，政治工作，而一直拖延下来，实在违反我的兴趣和性情的结果，这真是十几年的一场误会，一场噩梦。

我写这些话，决不是要脱卸什么责任——客观上我对共产党或是国民党的"党国"应当担负什么责任，我决不推托，也决不能用我主观上的情绪来加以原谅或者减轻。我不过想把我的真情，在死之前，说出来罢了。总之，我其实是一个很平凡的文人，竟虚负了某某党的领袖的名声十来年，这不是"历史的误会"，是什么呢？

脆弱的二元人物

一只羸弱的马拖着几千斤的辎重车，走上了险峻的山坡，一步步的往上爬，要往后退是不可能，要再往前去是实在不能胜任了。我在负责政治领导的时期，就是这样的一种感觉。欲罢不能的疲劳使我永久感觉一种无可形容的重厌［压］。精神上政治上的倦怠，使我渴望"甜密［蜜］的"休息，以致于脑筋麻木停止一切种种思想。一九三一年一月的共产党四中全会开除了我的政治局委员之后，我的精神状态的确是"心中空无所有"的情形，直到现在还是如此。

我不过刚满三十六岁（虽然照阴历的习惯算我今年是三十八岁），但是自己觉得已经非常的衰惫，丝毫青年壮年的兴趣都没有了。不但一般的政治问题懒得去思索，就是一切娱乐甚至风景都是漠不相关的了。本来我从一九一九年就得了吐血病，一直没有好好医治的机会，肺结核的发展曾经在一九二六年走到非常危险的阶段，那年幸而勉强医好了，可是立即赶到武汉去，立即又是半年最忙碌紧张的工作。虽然现在肺痨的最危险期逃过了，而身体根本弄坏了，虚弱得简直是一个废人。从一九二〇年直到一九三一年初，整整十年——除却躺在床上不能行动神志昏聩的几天以外——我的脑筋从没有得到休息的日子。在负责时期，神经的紧张自然是很厉害的，往往十天八天连续的不安眠，为着写一篇政治论文或者报告。这继续十几年的不休息，也许是我精神疲劳和十分厉害的神经衰弱的原因，然而究竟我离得衰老时期还很远。这十几年的辛劳，确实算起来，也不能说怎么了不得，而我竟 [成了] 颓丧残废的废人了。我是多么脆弱、多么不禁磨炼呵！

或者，这不仅是身体本来不强壮，所谓"先天不足"的原因罢。

我虽然到了十三四岁的时候就很贫苦了，可是我的家庭世代是所谓"衣租食税"的绅士阶级，世代读书，也世代做官。我五六岁的时候，我的叔祖瞿睿韶还在湖北布政司使任上。他死的时候正署理了湖北巡抚。因此我家的田地房屋虽然在几十年前就已经完全卖尽，而我小的时候，却靠着叔祖伯父的官俸过了好几年十足的少爷生活。绅士的体面"必须"继续维持。我母亲宁可自杀而求得我们兄弟继续读书的可能；而且我母亲因为穷而自杀的时候，家里往往没有米煮饭的时候，我们还用着一个仆妇（积欠了她几个月的工资到现在还没有还清），我们从没有亲手洗过衣服，烧过一次饭。

直到那样的时候，为着要穿长衫，在母亲死后，还剩下四十多元的裁缝债，要用残余的木器去抵账。我的绅士意识——就算是深深潜伏着表面不容易察觉罢——其实是始终没脱掉的。

同时，我二十一二岁，正当所谓人生观形成的时期，理智方面是从托尔斯泰式的无政府主义很快就转到了马克思主义。人生观或是主义，这是一种思想方法——所谓思路；既然走上了这条道路，却不是轻易就能改换的。而马克思主义是什么？是无产阶级的宇宙观和人生观。这同我潜伏的绅士意识，中国式的士大夫意识，以及后来蜕变出来的小资产阶级或者市侩式的意识，完全处于敌对的地位；没落的中国绅士阶级意识之中，有些这样的成分：例如假惺惺的仁慈礼让，避免斗争……以致寄生虫式的隐士思想。完全破产的绅士往往变成城市的波希美亚——高等游民，颓废的，脆弱的，浪漫的，甚至狂妄的人物。说得实在些，是废物。我想，这两种意识在我内心里不断的斗争，也就侵蚀了我极大部分的精力。我得时时刻刻压制自己的绅士和游民式的情感，极勉强的用我所学到的马克思主义的理智来创造新的情感，新的感觉方法。可是无产阶级意识在我的内心是始终没有得到真正的胜利的。

当我出席政治会议，我就会"就事论事"，抛开我自己的"感觉"专就我所知道的那一点理论去推断一个问题，决定一种政策等等。但是我一直觉得这种工作是"替别人做的"，我每次开会或者做文章的时候，都觉得很麻烦，总在急急于结束，好"回到自己那里去"休息。我每每幻想着：我愿意到随便一个小市镇上去当一个教员，并不是为着发展什么教育，只不过求得一口饱饭罢了，在余的时候，读读自己所爱读的书，文艺、小说、诗词、歌曲之类，这不是很逍遥的吗？

这种二元化的人格，我自己早已发着[觉]——到去年更是完完全全了解了，已经不能够丝毫自欺的了；但是八七会议之后我没有公开的说出来，四中全会之后也没有说出来，在去年我还是决断不下，一致延迟下来，隐忍着。甚至对之华（我的爱人）也只偶然露一点口风，往往还要加一番弥缝的话。没有这样的勇气。

可是真相是始终要暴露的，"二元"之中总有"一元"要取得实际上的胜利。正因为我的政治上的疲劳、倦怠，内心的思想斗争不能再持续了，老实说，在四中全会之后，我早已成为十足的市侩——对于政治问题我竭力避免发表意见，中央怎么说，我就依着怎么说，认为我说错了，我立刻承认错误，也没有什么心思去辩白。说我是机会主义就是机会主义好了，一切工作只要交代得过去就算了。我对于政治和党的种种问题，真没有兴趣去注意和研究。只因为久年的"文字因缘"，对于现代文学以及文学史上的各种有趣的问题，有时候还有点兴趣去思考一下，然而大半也是欣赏的份数居多，而研究分析的份数较少。而且体力的衰弱也不容许我多所思索了。

体力上的感觉是：每天只要用脑到两三小时以上，就觉得十分疲劳，或者过分的畸形的兴奋——无所谓的兴奋，以至不能睡觉，脑痛……冷汗。

唉，脆弱的人呵，所谓无产阶级的革命队伍需要这种东西吗？！我想，假定我还保存这多余的生命若干时候，我只有拒绝用脑的一个方法，我只做些不用自出心裁的文字工作，"以度余年"。但是，最好是趁早结束了罢。

我和马克思主义

当我开始我的社会生活的时候，正是中国的"新文化"运动的浪潮非常汹涌的时期。为着继续深入的研究俄国文学，我刚好又不能不到世界第一个"马克思主义的国家"去。我那时的思想是很紊乱的：十六七岁时开始读了些老庄之类的子书，随后是宋儒语录，随后是佛经、《大乘起信论》——直到胡适之的《哲学史大纲》，梁濑溟［漱溟］的印度哲学，还有当时出版的一些科学理论，文艺评论。在到俄国之前，固然已经读过倍倍尔的著作，共产党宣言之类，极少几本马克思主义的书籍，然而对马克思主义的认识是根本说不上的。

而且，我很小的时候，就不知怎样有一个古怪的想头。为什么每一个读书人都要去"治国平天下"呢？个人找一种学问或是文艺研究一下不好吗？所以我到俄国之后，虽然因为职务的关系时常得读些列宁他们的著作、论文演讲，可是这不过求得对于俄国革命和国际形势的常识，并没有认真去研究政治上一切种种主义，正是"治国平天下"的各种不同的脉案和药方。我根本不想做"王者之师"，不想做"诸葛亮"——这些事自然有别人去干——我也就不去深究了。不过，我对于社会主义或共产主义的终极理想，却比较有兴趣。

记得当时懂得了马克思主义的共产社会同样是无阶级、无政府、无国家的最自由的社会，心上就很安慰了，因为这同我当初的无政府主义，和平博爱世界的幻想没有冲突了。所不同的是手段，马克思主义告诉我要达到这样的最终目的，客观上无论如何也逃不了最尖锐的阶级斗争，以至无产阶级专政——也就是无产阶级统治国家的一个阶段。为着要消灭"国家"，一定要先组织一时期的新式国家，为着要实现最彻底的民权主义（也就是无所谓民权的社会），一定要先实行无产阶级的民权。这表面上"自相矛盾"而实际上很有道理的逻辑——马克思主义所谓辩证法——使我很觉得有趣。我大致了解了这问题，就搁下了，专心去研究俄文，至少有大半年，我没有工夫去管什么主义不主义。

后来，莫斯科东方大学要我当翻译，才没有办法又打起精神去看那些书。谁知越到后来就越没有工夫继续研究文学，不久就宣[喧]宾夺主了。

但是，我第一次在俄国不过两年，真正用功研究马克思主义的常识不过半年，这是随着东大课程上的需要看一些书，明天要译经济学上的那一段，今天晚上先看过一道，作为预备，其他，唯物史观哲学等等也是如此。这绝不是有系统的研究。至于第二次我到俄国（一九二八年——一九三〇），那时当着共产党的代表，每天开会，解决问题，忙个不了，更没有功夫做有系统的学术上的研究。

马克思主义的主要部分：唯物论的哲学，唯物史观——阶级斗争的理论，以及经济政治学，我都没有系统的研究过。资本论——我就根本没有读过，尤其对于经济学我没有兴趣。我的一点马克思主义理论的常识，差不多都是从报章杂志上的零星论文和列宁的几本小册子上得来的。

可是，在一九二三年的中国，研究马克思主义以至一般社会学的人，还少得很，因此，仅仅因此，我担任了上海大学社会学系教授之后就逐渐地偷到所谓"马克思主义理论家"的虚名。其实，我对这些学问，的确只知道一点皮毛。当时我只是根据几本外国文的书籍传译一下，编了一些讲义。现在看起来，是十分幼稚，错误百出的东西。现在已经有许多新进的青年，许多比较有系统的研究了马克思主义的学者——而且国际的马克思主义的学术水平也提高了许多。

还有一个更重要的"误会"就是用马克思主义来研究中国的现代社会，部分是研究中国历史的发端，也不得不由我来开始尝试。五四以后的五年中间，记得只有陈独秀、戴季陶、李汉俊几个人写过几篇关乎这个问题的论文，可是都是无关重要的。我回国之后，因为已经在党内工作，虽然只有一知半解的马克思主义智识，却不由我不开始这个尝试：分析中国资本主义关系的发展程度，分析中国社会阶级分化的性质，阶级斗争的形势，阶级斗争和反帝国主义的民族解放运动的关系等等。

　　从一九二三年到一九二七年，我在这方面的工作，自然在全党同志的督促，实际斗争的反映，以及国际的领导之下，逐渐有相当的进步。这决不是我一个人的工作，越到后来，我的参加是越少。单就我的"成绩"而论，现在所有的马克思主义者都可明显地看见：我在当时所做的理论上的错误，共产党怎样纠正了我的错误，以及我的幼稚的理[论]之中包含着怎样混杂和小资产阶级机会主义的成分。

　　这些机会主义的成分发展起来，就形成错误的政治路线，以致于中国共产党中央委员会不能不开除我的政治局委员，的确，到一九三〇年，我虽然在国际参加了两年的政治工作，相当得到一些新的智识，受到一些政治上的锻炼，但是，不但不进步，自己觉得反而退步了。中国的阶级斗争早已进到了更高的阶段，对于中国的社会关系和政治形势，需要更深刻更复杂的分析，更明了的判断，而我的那点智识绝对不够，而且非无产阶级的反布尔塞维克的意识就完全暴露了，当时，我逐渐觉得许多问题不但想不通，甚至想不动了。新的领导者发挥某些问题的议论之后，我会感觉到松快，觉得这样解决原是最适当不过的，我当初为什么简直想不到；但是，也有时候会觉得不了解。

　　此后，我勉强自己去想一切"治国平天下"的大问题的必要，已经没有了！我在十分疲劳和吐血症复发的期间，就不再去"独立思索"了。一九三一年初就开始我政治上以及政治思想上的消极时期，直到现在。从那时候起，我没有自己的政治思想。我以中央的思想为思想。这并不是说我是一个很好的模范党员，对于中央的理论政策都完全而深刻的了解。相反的，我正是一个最坏的党员，早就值得开除的，因为我对中央的理论政策不加思索了。偶尔我也有对中央政策怀疑的时候，但是，立刻就停止怀疑了，因为怀疑也是一种思索，我既然不思索了，自然也就不怀疑。

我的一知半解的马克思主义智识，曾经在当时起过一些作用——好的坏的影响都是人所共知的事情，不用我自己来判断——而到了现在，我已经在政治上死灭，不再是一个马克思主义的宣传者了。

同时要说我已放弃了马克思主义，也是不确的。如果要同我谈起一切种种政治问题，我除开根据我那一点一知半解的马克思主义的方法来推论以外，却又没有什么别的方法。事实上我这些推论又恐怕包含着许多机会主义，也就是反马克思列宁主义的观点在内，这是"亦未可知"的。因此我更不必枉然费力去思索：我的思路已经在青年时期走上了马克思主义的初步，无从改变，同时，这思路却同非马克思主义的岐路交错着，再自由任意的走去，不知会跑到什么地方去。——而最主要的是我没气力再跑了，我根本没有精力再作政治的，社会科学的思索了。Stop。

盲动主义和立三路线

当我不得不负担中国共产党的政治领导的时候，正是中国革命进到了最巨大的转变和震荡的时代，这就是武汉时代结束之后。分析新的形势，确定新的政策，在中国民族解放运动和阶级斗争最复杂最剧烈的[路]线汇合分化转变的时期，这是一个非常艰难的任务。当时，许多同志和我，多多少少都做了政治上的错误，同时，更有许多以前的同志在这阶级斗争进一步的关口，自觉的或不自觉的离开了革命队伍，在最初，我们在党的领导之下所决定的政策一般的是正确的。武汉分共以后，我们接着就决定贺叶的南昌暴动和两湖、广东的秋收暴动（一九二七年），到十一月又决定广州暴动。这些暴动本身无[并]不是什么盲动主义，因为都有相当的群众基础。固然，中国的一般革命形势，从一九二七年三月底英、义[美]、日帝国主义者炮轰南京威胁国民党反共以后，就已经开始低落，但是，接着而来的武汉政府中的奋斗、分裂……直到广州暴动的举出苏维埃旗帜，都还是革命势力方面正当的挽回局势的尝试，结果失败了——就是说没有能够把革命形势重新转变到高涨的阵容，必须另起炉灶。而我——这时期当然我应当负主要的责任——在一九二八年初，广州暴动失败之后，仍旧认为革命形势一般存在，而且继续高涨，这就[是]盲动主义的路线了。

原本个别的盲动现象我们和当时的中央从一九二七年十月起就表示反对

015

的；对于有些党部不努力去领导和争取群众，反而孤注一掷或者仅仅去暗杀豪绅之类的行动，我们总是加以纠正的。可是，因为当时整个路线错误，所以不管主观上怎样了解盲动主义现象的不好，费力于枝枝节节的纠正，客观上却在领导着盲动主义的发展。

中国共产党第六次大会纠正了这个错误路线，使政策走上了正确的道路。自然，武汉时代之后，我们所得到的中国革命之中的最重要的教训，例如革命有在一省或几省先胜利的可能和前途，反帝国主义革命最密切的和土地革命联系着等，都是六大所采纳的。苏维埃革命的方针就在六大更明确的规定下来。

但是以我个人而论，在那个时候，我的观点之中不仅有过分估量革命形势的发展以致助长盲动主义的错误，对于中国农民阶层的分析，认为富农还在革命战线之内，认为不久的将来就可以在某些大城市取得暴动的胜利等观念也已经潜伏着或者有所表示。不过，同志们都没有发觉这些观点的严重错误，还没有指出来，我自己当然更不会知道这些是错误的。直到一九二九年秋天讨论农民问题的时候，才开始暴露我在农民问题上的错误。不幸得很，当时没有更深刻的更无情的揭发。……

此后，就来了立三路线的问题了。

一九二九年年底我还在莫斯科的时候，就听说立三和忠发的政策有许多不妥当的地方。同时，莫斯科中国劳动大学（前称孙中山大学）的学生中间发生非常剧烈的斗争，我向来没有知人之明，只想弥缝缓和这些内斗，觉得互相攻许［讦］批评的许多同志都是好的，听他们所说的事情却往往有些非常出奇，似乎都是故意夸大事实俸为"打倒"对方的理由。因此我就站在调和的立场。这使得那里的党部认为我恰好是机会主义和异己分子的庇护者，结果撤销了我的中国共产党驻莫斯科代表的职务准备回国。自然，在回国任务之中，最主要的是纠正立三的错误，消灭莫斯科中国同志之间的派别观念对于国内同志的影响。

但是，事实上我什么也没做到，立三的错误在那时——一九三〇年夏天——已经形成了自己的半托洛斯基的路线，派别观念也使得党内到处抑制莫斯科回国的新干部。而我回来之后召集的三中全会，以及中央的一切处置，都只是零零碎碎的纠正了立三的一些显而易见的错误，既没有指出立三的错误路线，更没有在组织上和一切计划及实际工作上保证国际路线的执行。实际上我的确没有认出立三路线和国际路线的根本不同。

老实说，立三路线是我的许多错误观念——有人说是瞿秋白主义——的逻辑的发展。立三的错误政策可以说是一种失败主义。他表面上认为中国全国的革命胜利的局面已经到来，这会推动全世界革命的成功，其实是觉得自己没有把握保持和发展苏维埃革命在几个县区的胜利，党的革命前途不是立即向大城市发展而取得全国胜利以至全世界的胜利，就是迅速的败亡，所以要孤注一掷的拼命。这是用左倾空谈来掩盖右倾机会主义的实质。因此在组织上，在实际工作上，在土地革命的理论上，在工会运动的方针上，在青年运动和青年组织等等各种问题上……无往而不错。我在当时却辨别不出来。事后我可以说，假定六大之后，留在中国直接领导的不是立三而是我，那么，在实际上我也会走到这样的错误路线，不过不至于像立三这样鲁莽，也可以说，不会有立三那样的勇气。我当然间接地负着立三路线的责任。

于是四中全会后，就决定了开除立三的中央委员，开除我的政治局委员。我呢，像上面已经说过的，正感谢这一开除，使我卸除了千钧担。我第二次回国是一九三〇年八月中旬，到一九三一年一月七日我就离开了中央政治领导机关，这期间只有半年不到的时间。可是这半年时间对于我几乎比五十年还长！人的精力已经像完全用尽了似的，我告了长假休养医病——事实上从此脱离了政治舞台。

再想回头来干一些别的事情，例如文艺的译著等，已经觉得太迟了！从一九二〇到一九三〇整整十年我离开了"自己的家"——我所愿意干的俄国文学研究——到这时候才回来，不但田园荒芜，而且自己的力气也已经衰惫了。自然有可能还是干一干，"以度余年"的。可是接着就是大病，时发时止，耗费了三年光阴。一九三四年一月，为着在上海养病的不可能，又跑到瑞金——到瑞金已是二月五日了——担任了人民委员的清闲职务。可是，既然在苏维埃中央政府担负了一部分的工作，虽然不必出席党的中央会议，不必参与一切政策的最初议论和决定，然而要完全不问政治又办不到了。我就在敷衍塞责、厌倦着政治却又不得不略为问一问政治的状熊［态］中间，过了一年。

最后这四年中间，我似乎记得还做了几次政治问题上的错误。但是现在我连内容都记不清楚了，大概总是我的老机会主义发作罢了。我自己不愿意有什么和中央不同的政见。我总是立刻"放弃"这些错误的见解，其实我连想也没有仔细想，不过觉的争辨［辩］起［来］太麻烦了，既然无关紧要就算了罢。

我的政治生命其实早已结束了。

最后这四年，还能说我继续在为马克思主义奋斗，为苏维埃革命奋斗，为着党的正确路线奋斗吗？例行公事办了一些，说"奋斗"是实太恭维了。以前几年的盲动主义和立三路线的责任，却决不应当因此而减轻的，相反，在共产党的观点上来看，这个责任倒是更加重了。历史的事实是抹杀［煞］不了的，我愿意受历史的最公开的裁判。

一九三五·五·二十

"文人"

"一为文人便无足观"，这是清朝一个汉学家说的。的确所谓"文人"正是无所用之的人物。这并不是现代意义的文学家、作家或是文艺评论家，这是咏风弄月的"名士"，或者是……说简单些，读书的高等游民，他什么都懂的一点，可是一点没有真实的智识。正因为他对于当代学术水平以上的各种学问都有少许的常识，所以他自以为是学术界的人。可是，他对任何一种学问都没有系统的研究，真正的心得，所以他对于学术是不会有什么贡献的，对于文艺也不会有什么成就的。

自然，文人也有各种各样不同的典型，但是大都实际上是高等游民罢了。假如你是一个医生，或是工程师，化学技师……真正的作家，你自己会感觉到每天生活的价值，你能够创造或是修补一点什么，只要你愿意。就算你是一个真正的政治家罢，你可以做错误，但是也会改正错误，你可以坚持你的错误，但是也会认真的为着自己的见解去斗争，实行。只有文人就没有希望了，他往往连自己也不知道，究竟做的是什么！

"文人"是中国中世纪的残余和"遗产"——一份很坏的遗产。我相信，再过十年八年没有这一种智识 [分] 子了。

不幸，我自己不能够否认自己正是"文人"之中的一种。

固然，中国的旧书，十三经、二十四史、子书、笔记、丛书、诗词曲等，我都看过一些，但是我是抓到就看，忽然想起就看，没有什么研究的。一些科学论文，马克思主义的和非马克思主义的，我也看过一些，虽然很少。所以这些新新旧旧的书对于我，与其说是智识的来源，不如说是消闲的工具。究竟在哪一种学问上，我有点真实的智识？我自己是回答不出的。

可笑得很，我做过所谓"杀人放火"的共产党的领袖（？），可是，我却是一个最懦怯的，"婆婆妈妈的"，杀一只老鼠都不会的，不敢的。

但是，真正的懦怯不在这里。首先是差不多完全没有自信力，每一个见解都是动摇的，站不稳的。总希望有一个依靠，记得布哈林初次和我谈话的时候，说过这么一句俏皮话："你怎么同三层楼的小姐［一样］，总那么客气，说起话来，不是'或是'，就是'也许'、'也难说'……等。"其实，这倒是真心话。可惜的是人家往往把我的坦白当作"客气"或者"狡猾"。

我向来没有为着自己的见解而奋斗的勇气，同时，也很久没有承认自己错误的勇气。当一种意见发表之后，看看没有有力的赞助，立刻就怀疑起来，但是，如果没有一个另外的意见来代替，那就只会照着这个连自己也怀疑的意见做去。看见一种不大好的现象，或是不正确的见解，却还没有人出来指摘，甚至其势凶凶［汹汹］的大家认为这是很好的事情，我也始终没有勇气说出自己的怀疑来。优柔寡断，随波逐流，是这种"文人"必然的性格。

虽然人家看见我参加过几次大的辩论，有时候仿佛很急［激］烈，其实我是很怕争论的。我向来觉得对方说的话"也对"，"也有几分理由"，"站在对方的观点上他当然是对的"。我似乎很懂得孔夫子忠恕之道。所以我毕竟做了"调和派"的领袖。假使我急［激］烈地辩论，那么，不是认为"既然站在布尔塞维克的队伍里就不应当调和"，因此勉强着自己，就是没有抛开"体面"立刻承认错误的勇气，或者是对方的话太幼稚了，使我"箭在弦上不得不发"。

其实最理想的世界是大家不要争论，"和和气气的过日子"。

我有许多标本的"弱者的道德"——忍耐、躲避，讲和气，希望大家安静些仁慈些等等。固然从 [少] 年时候起，我就憎恶贪污、卑鄙……以至一切恶浊的社会现象，但是我从来没有想做侠客。我只愿意自己不做那些罪恶，有可能呢，去劝劝他们不要再那样做；没有可能呢，让他们去罢，他们也有他们的不得已的苦衷罢？

我的根本性格，我想，不但不足以锻炼成布尔塞维克的战士，甚至不配做一个起码的革命者。仅仅为着"体面"，所以既然卷进了这个队伍，也就没有勇气自己认识自己，而请他们把我洗刷出来。

但是我想，如果叫我做一个"戏子"——舞台上的演员，倒很会有些成绩，因为十几年我一直觉得自己一直在扮演一定的角色。扮觉 [着] 大学教授，扮着政治家，也会真正忘记自己而完全成为"剧中人"。虽然这对于我很苦，得每天盼望着散会，盼望同我谈政治的朋友走开，让我卸下戏装，还我本来面目——躺在床上去极疲乏的念着"回'家'去罢，回'家'去罢"这的确是很苦的。然而在舞台上的时候，大致总还扮得不差，像煞有介事的。

为什么？因为青年精力比较旺盛的时候，一点游戏和做事的兴会总有的。即使不是你自己的事，当你把它做好的时候，你也感觉到一时的愉快。譬如你有点小聪明，你会摆好几幅"七巧版 [板] 图"或者"益智图"，你当时一定觉得痛快，正像在中学校的时候，你算出几个代数难题似的，虽然你并不预备做数学家。

不过扮演舞台上的角色究竟不是"自己的生活"，精力消耗有 [在] 这里甚至完全用尽，始终是后悔也来不及的事情。等到精力衰惫的时候，对于政治的舞台，实在是十分厌倦了。

庞杂而无秩序的一些书本上的智识和累坠 [赘] 而反乎自己兴趣的政治生活，使我麻木起来，感觉生活的乏味。

本来，书生对于宇宙间的一切现象，都不会有亲切的了解。往往会把自己变成一大堆抽象名词的化身。一切都有一个"名词"，但是没有实感。譬如说，劳动者的生活，剥削，斗争精神，土地革命，政权等……一直到春花秋月，崦嵫，委蛇，一切种种名词，概念，辞藻，说是会说的，等到追问你究竟是怎么一回事，就会感觉到模糊起来。

对于实际生活，总像雾里看花似的，隔着一层膜。

文人和书生大致没有任何一种具体的智识。他样样都懂得一点，其实样样都是外行。要他开口议论一些"国家大事"，在不太复杂和具体的时候，他也许会。但是，叫他修理一辆汽车，或者配一剂药方，办一个合作社，买一批货物，或者清理一本账目，再不然，叫他办好一个学校……总之，无论哪一件具体而切实的事情，他都会觉得没有把握的。

例如，最近一年来，叫我办苏维埃的教育。固然，在瑞金、宁都、兴国这一带的所谓"中央苏区"，原来是文化非常落后的地方，譬如一张白纸，在刚刚着手办教育的时候，只是办义务小学校，开办几个师范学校这些都做了。但是，自己仔细想一想，对于这些小学校和师范学校，小学教育和儿童教育的特殊问题，尤其是国内战争中工农群众教育的特殊问题，都实在没有相当的智识，甚至普通常识都不够！

近年来感觉到这一切种种，很愿意"回过去再生活一遍"。

雾里看花的隔膜的感觉，使人觉得异常的苦闷、寂寞和孤独，很想仔细的亲切的尝试一下实际生活的味道。譬如"中央苏区"的土地革命已经有三四年，农民的私人日常生活究竟有了怎样的具体变化，他们究竟是怎样的感觉。我曾经去考察过一两次。一开口就没有"共同的语言"，而且自己也懒惰得很，所以终于一无所得。

可是，自然而然的，我学着比较精细的考察人物，领会一切"现象"。我近年来重新来读一些中国和西欧的文学名著，觉得有些新的印象。你从这些著作中间，可以相当亲切的了解人生和社会，了解各种不同的个性，而不是笼统的"好人"、"坏人"或是"官僚"、"平民"、"工人"、"富农"等等。

摆在你面前的是有血有肉有个性的人，虽则这些人都在一定的生产关系、一定的阶级之中。

我想，这也许是从"文人"进到真正了解文艺的初步了。

是不是太迟了呢？太迟了！

徒然抱着对文艺的爱好和怀念，起先是自己的头脑，和身体被"外物"所占领了，后来是非常的疲乏笼罩了我三四年，始终没有在文艺方面认真的用力。书是乱七八糟地着［看］了一些。也许走进了现代文艺水平线以上的境界，不致辨别不出兴趣的高低。我曾经发表的一些文艺方面的意见，都驳杂得很，也是一知半解的。

时候过得很快。一切都荒疏了。眼高手低是这必然的结果。自己写的东西——类似于文艺的东西是不能使自己满意的，我至多不过是一个"读者"。

讲到我仅有的一点具体智识，那就只有俄国文罢。假使能够仔细而郑重的，极忠实的翻译几部俄国文学名著，在汉字方面每字每句的斟酌着，也许不会"误人子弟"的。这一个最愉快的梦想，也比在创作和评论方面再来开始求得什么成就，要实际得多。可惜，恐怕现在这个可能已经"过时"了！

告别

一出滑稽剧就此闭幕了！

我家乡有句俗话，叫做"捉住了老鸦在树上做窠"。这窠始终是做不成的。一个平心甚至无聊的"文人"，却要他担负几年的"政治领袖"的职务。这虽然可笑，却是事实。这期间，一切好事都不是由于他的功劳——实在是由于当时几位负责同志的实际工作，他的空谈不过是表面的点缀，甚至早就埋伏了后来的祸害。这历史的功罪，现在到了最终结算的时候了。

你们去算账罢，你们在斗争中勇猛精进着，我可以羡慕你们，祝贺你们，但是已经不能够跟随你们了。我不觉得可惜，同样我也不觉得后悔，虽然我枉费了一生心力在我所不感兴味的政治上。过去的已经过去了，懊悔徒然增加现在的烦恼。应当清洗出队伍的，终究应当清洗出去，而且愈好[快]愈好，更用不着可惜。

我已经退出了无产阶级的革命先锋的队伍，已经停止了政治斗争，放下了武器，假使你们——共产党的同志们——能够早些听到我这里写的一切，那我想早就应当开除我的党籍。像我这样脆弱的人物，敷衍、消极、怠惰的分子，尤其重要的是空洞的承认自己错误而根本不能够转变自己的阶级意识和情绪，而且，因为"历史的偶然"，这并不是一个普通党员，而是曾经当过政治委员的——这样的人，如何还不要开除呢？

现在，我已经是国民党的俘虏，再来说起这些似乎多余的了。但是，其实不是一样吗？我自由不自由，同样是不能够继续斗争了。虽然我现在才快要结束我的生命，可是我早已结束了我的政治生活。严格的讲，不论我自由不自由，你们早就有权利认为我也是叛徒的一种。如果不幸而我没有机会告诉你们我的最坦白最真实的态度而骤然死了，那你们也许还把我当做一个共产主义的烈士。记得一九三二年讹传我死的时候，有地方替我开了追悼会，当然还念起我的"好处"，我到苏区听到这个消息，真让我不寒而栗，以叛徒而冒充烈士，实在太那么个了。因此，虽然我现在已经囚在监狱里，虽然我现在很容易装腔做势慷慨激昂而死，可是我不敢这样做。历史是不能够，也不应当欺骗的。我骗着我一个人的身后不要紧，叫革命同志误认叛徒为烈士却是大大不应该的。所以虽然反正是一死，同样是结束我的生命，但我决不愿意冒充烈士而死。

永别了，亲爱的同志们！——这是我最后叫你们"同志"的一次。我是不配再叫你们"同志"的了，告诉你们：我实质上离开了你们的队伍很久了。

唉！历史的误会叫我这"文人"勉强在革命的政治舞台上混了好些年。我的脱离队伍，不简单的因为我要结束我的革命，结束这一出滑稽剧，也不简单的因为我的痼疾和衰惫，而是因为我始终不能够克服自己的绅士意识，我终究不能成为无产阶级的战士。

永别了，亲爱的朋友们！七八年来，我早已感觉到万分的厌倦。这种疲乏的感觉，有时候例如一九三〇年初或是一九三四年八九月间，简直厉害到无可形容，无可忍受的地步。我当时觉着，不管全宇宙的毁灭不毁灭，不管革命还是反革命等等，我只要休息，休息，休息！！好了，现在已经有了"永久休息"的机会。

我留下这几页给你们——我的最后的最坦白的老实话，永别了！判断一切的，当然是你们，而不是我。我只要休息。

一生没有什么朋友，亲爱的人是很少的几个。而且除开我的之华以外，我对你们也始终不是完全坦白的。就是对于之华，我也只露一点口风。我始终戴着假面具。我早已说过：揭穿假面具是最痛快的事情，不但对于动手去揭穿别人的痛快，就是对于被揭穿的也很痛快，尤其是自己能够揭穿。现在我丢掉了最后一层假面具。你们应当祝贺我。我去休息了，永久去休息了，你们更应当祝贺我。

我时常说：感觉到十年二十年没有睡觉似的疲劳，现在可以得到永久的"伟大的"可爱的睡眠了。

从我的一生，也许可以得到一个教训：要磨炼自己，要有非常巨大的毅力，去克服一切种种"异己的"意识以至最微细的"异己的"情感，然后才能从"异己的"阶级里完全跳出来，而在无产阶级的革命队伍里站稳自己的脚步。否则，不免是"捉住了老鸦在树上做窠"，不免是一出滑稽剧。

我这滑稽剧是要闭幕了。

我留恋什么？我最亲爱的人，我曾经依傍着她度过了这十年的生命。是的，我不能没有依傍。不但在政治生活里，我其实从没有做过一切斗争的先锋，每次总要先找着某种依傍。不但如此，就是在私生活里，我也没有"生存竞争"的勇气，我不会组织自己的生活，我不会做极简单极平常的琐事。我一直是依傍着我的亲人，我唯一的亲人。我如何不留恋？我只觉得十分的难受，因为我许多次对不起我这个亲人，尤其是我的精神上的懦怯，使我对于她也终究没有彻底的坦白，但愿她从此厌恶我，忘记我，使我心安罢。

我还留恋什么？这美丽世界的欣欣向荣的儿童。"我的"女儿，以及一切幸福的孩子们。我替他们祝福。

这世界对于我仍然是非常美丽。一切新的，斗争的，勇敢的都在前进。那么好的花朵，果子，那么清秀的山和水，那么雄伟的工厂和烟囱，月亮的光似乎也比从前更光明了。

但是，永别了，美丽的世界！

一生的精力已经用尽，剩下的一个躯壳。

如果我还有可能支配我的躯壳，我愿意把它交给医学校的解剖宣［室］。听说中国的医学校和医院的实习室很缺乏这种实验用具。而且我是多年的肺结核者（从一九一九年到现在），时好时坏，也曾经到［照］过几次X光的照片，一九三一年春的那一次，我看见我的肺部有许多瘢痕，可是医生也说不出精确的判断。假定先照过一张，然后把这躯壳解剖开来，对着照片研究肺部的状态那一定可以发见一些什么。这对肺结核的诊断也许有些帮助。虽然，我对医学是完全外行。这话说得或许是很可笑的。

总之，滑稽剧始终是闭幕了。舞台上空空洞洞的。有什么留恋也是枉然的了。好在得到的是"伟大的"休息。至于躯壳，也许不由我自己作主了。

告别了，这世界的一切。

最后……

俄国高尔基的《四十年》、《克里摩·萨摩京的生活》，屠格涅夫的《鲁定》，托尔斯泰的《安娜·卡里宁娜》，中国鲁迅的《阿Q正传》，茅盾的《动摇》，曹雪芹的《红楼梦》，都很可以再读一读。

中国的豆腐也是很好吃的东西，世界第一。

永别了！

一九三五·五·二二

记忆中的日期（附录）[1]

一八九九年（一月二十九日）

——光绪二十四年十二月十八 生于常州

一九〇二 入私塾

一九〇五 入常州冠英小学

一九〇八冬 初等小学毕业

一九〇九春 入常州中学

一九一五夏 因贫辍学

一九一六二月 母亲死

二月 赴无锡南郊某小学任校长

是年父亲赴济南，弟妹分散

八月 辞无锡教职返常州

十二月 抵汉口考武昌外国语专修学校

一九一七四月 在北京应普通文官考试未取

九月 入俄文专修馆

一九一九一月 与耿济之、瞿世英等组织《新社会》杂志

---

[1] 作者在附录中记录的日期并不完全准确。

五月	任俄专学生会代表
一九二〇八月	应北京《晨报》聘起程赴俄任通信员
一九二一一月	方抵莫斯科
五月	张太雷抵莫介绍入共产党
九月	任东大翻译始正式入党
一九二三一月底	返国抵北平
七月	参加共产党第三次全国大会
九月	返沪任上海大学教职
	是年加入国民党
一九二四一月	与王剑虹结婚
一月	赴粤参加国民党第一次代表大会
七月	剑虹死，赴粤
十一月七日	与杨之华结婚于沪
一九二五一月	参加共产党第四次大会
	被举为中委
一九二七二月	写批评彭述之的小册子
三月	赴武汉
四月	参加共产党第五次大会
	仍任中委
七月	（宣言退出国民党）赴庐山
八月七日	参加"八七"紧急会议后实际主持政治局
一九二八四月三十日	离沪出国
六月	参加共产党六次大会仍任中委留莫为中国共产党代表
一九三〇六月	撤销驻莫代表职
七月	起程返国仍在政治局工作
九月	参加共产党三中全会
一九三一一月七日	参加共产党四中全会

	被开除政治局委员之职，请病假
一九三二秋	病危几死
一九三四二月五日	抵瑞金任教育人民委员
一九三五二月十一日	离瑞金
二月二十三	抵福建汀州之水口被钟绍葵团俘
二十六	入上杭县监
五月九日	解到汀州三十六师师部

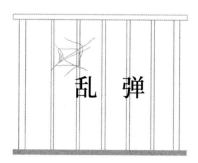

乱 弹

乱弹（代序）

中国绅士的黄金时代，曾经有过自己的艺术。譬如"乾嘉之世"，或者更神秘些，"唐虞三代"。可是，要说咱们末世还记得"流风余韵"的，那还是说得近些罢。三代的"韶乐"，现在即使没有失传，至多也不过给吃租阶级的大魔王做做"配享"，例如上海第一名大市民哈同大出丧的时候，曾经用过"韶乐"；至于小市民，那是轮不到的了。倒是三代而下的乾嘉之世的"昆曲"，却跑到了上海的无线电里。这一个中国的"国粹"居然也发扬而光大起来了。不但第一名市民，就是第五六名等等，也可以偶然的欣赏欣赏。

"市民"（citizen）是所谓自由的公民，这是和"奴隶"对待的名称。中国现在，只有所谓"绅商"才配叫做市民。但是，绅商和绅士已经不同了。商与士一字之差，在时间上至少隔了一世纪。而昆曲却不是绅商的艺术，而正是绅士等级的艺术。这老老实实是中国旧式绅士等级的艺术，而不仅是地主阶级的艺术。固然，乾嘉之世的绅士之中已经掺杂了些盐商"驵侩"，——郑板桥之类的名士所瞧不起的；然而，他们始终也是盐官儿，至少也是类似于官的"准官儿"，他们也总要弄些身份，——例如：屁股可以不挨打，见官可以用大红名片的身份。总之，一定要加入那个绅士等级。当时，绅士等级的艺术，什么诗古文词，什么昆曲，都是和平民等级的艺术截然的分开的。昆曲原本是平民等级的歌曲里发展出来的。最早的元曲几乎都是"下流的俗话"。可是，到了乾嘉之世，昆曲里面，早就给贵族绅士的文人，填塞了一大堆一大堆牛屎似的"饾饤"进去！这还是戏台上的歌剧吗？对不起，先要问一问：这所谓戏台是个什么样的戏台？这已经绝对不是草台班的戏台！昆曲已经被贵族绅士霸占了去，成了绅士等级的艺术。

听罢！昆曲的声调是多么细腻，多么悠扬，多么转仄，多么深奥。其实，那样的猥琐，那样的低微，真像它的主人的身份。昆曲的唱功是要拗转了嗓子，分辨着声母介母韵母，咬准那平上去入，甚至于阴上阳上阴去阳去……中国的四方块的谜画似的汉字，在这里用尽了九牛二虎之力去束缚音乐和歌曲的发展，弄得简直不像活人嗓子里唱出来的东西。这的的确确是所谓"红氍毹上"的歌曲。在绅士的第宅——"状元及第"之第——里面有这么三开间或者五开间的花厅，一头铺上两丈开阔的红地毯，这就算戏台了。"戏台"前面三四步路的光景，就是听戏的大人老爷的座位，再后去十几步，二十步光景，是太太小姐"垂帘听曲"的地方。自然，这里可以听得清平上去入。而且唱昆曲的戏子，在当时还有许多和幕友一样，豢养在绅士的第宅或者衙门里面。他们本来和"倡优所畜"的文人清客是差不多的东西，同样是"主上所戏弄，流俗之所轻"的。这种昆曲，当然不是给公馆衙门之外的平民小百姓听的。现在，"治于人的小人"，要想在无线电的播音里去听清楚昆曲的平上去入，自然是牛听弹琴，一窍不通了。

"乾嘉以降"不久，昆曲的轻歌曼舞的绮梦，给红巾长毛的"叛贼"捣乱了，给他们的喧天动地的鼙鼓震破了。是的！乾嘉之世和同光之世之间，夹着这么一段"可怕可恨"的回忆。不知怎么一来，在同光之世，我们就渐渐，渐渐的听着那昆曲的笙笛声离得远了，远了，一直到差不多听不见。而"不登大雅之堂的"乱弹——皮黄，居然登了大雅之堂。这本来是草台班上的东西。高高的戏台搭在旷场上，四周围是没遮拦的，不但锣鼓要喧天，而且歌曲也要直着嗓子叫，才敌得过台底下打架相骂的吵闹，也配得上"乱弹"的别名。满腿牛屎满背汗的奴隶们，仰着头张着嘴的看着台上。歌词文雅不得，也用不着文雅，因为禁不起那唱戏的直着嗓子一叫，叫到临了：不押韵的也押韵了，平仄不调的也就调了！这是，这曾经是别一个等级的艺术。当然是平民等级的了。

然而，统治阶级不但利用这种原始的艺术，来施行奴隶教育；他们还要采取这些平民艺术的自由的形式，去挽救自己艺术的没落。于是乎请乱弹登大雅之堂。可惜，没有出息的绅士，始终是没有出息的；俗不可耐的商人市侩，始终是俗不可耐的。因此，乱弹就在绅士等级蜕化出来的绅商阶级的手里，重新走上所谓"雅化"的道路。樊樊山制军，袁寒云世子，王晓籁先生，某某老板等等，都来"爱美"一下，说句直译的俗话，就是客串一下，串得个珠圆玉润满纸琳琅。不但如此，连唱皮黄的戏子，尤其是以"做女人为职业"的男戏子，都一个个"绅商化"起来，做了院长副院长的大官，例如梅兰芳老板，现在居然是美国文学博士梅兰芳梅大了。

这样，皮黄的乱弹又被绅商阶级霸占了去，成了绅商阶级的艺术。

这世界上的一切，其实都是这样的！尤其是在中国——中国的绅商阶级虽然已经是现代式的阶级，却仍旧带着等级的气味。他们连自己大吹大擂鼓吹着的所谓白话，都会变成一种新文言，写出许多新式的诗古文词——所谓欧化的新文艺。中国的商人必须变成绅士，正因为中国绅士保存着绅士的身份而来做商人了。所以乱弹已经不乱，白话也应当不白，欧化应当等于贵族化。一切都要套上马勒口，不准乱来；一切都要分出等级：用文雅的规律表示绅士的尊严，用奴才主义的内容放进平民艺术里去，帮助束缚平民的愚民政策。

然而这个年头，总有一天什么都要"乱"。咱们"非绅士"的"乱"不但应当发展，而且要"乱"出个道理来。

于是乎，咱们不肖的下等人重新再乱弹起来，这虽然不是机关枪的乱弹，却至少是反抗束缚的乱谈。

史铁儿　一九三一，九，七。

世纪末的悲哀

时代也是有主人的。对于有些人这是世纪末；对于另外一些人这也许是世纪初——黄金时代的开始呢。然而，黄金时代虽然不远，却不是这么容易达到的。这要经过血污池，奈何桥，刀山，油锅，以及……一切种种这类的东西。这条路上——到黄金时代的路上，究竟是悲哀，是痛苦，是兴奋，是快乐，是痛快？这都是又当别论，不在乱谈之列。

只说世纪末的人们的确充满着悲哀，实在可怜！

世纪末的人原本是都有"怕血症"的，一见着这么几点儿血渍，他就战栗着、痉挛着……吓得个半死不活。呵！神经衰弱的时代呵！但是，神经衰弱的人之中，有些因为得病的病根来得特别，他们会一跳起来"放下屠刀立地成佛"，突然变成空前的，而且一定绝后的勇敢。怕血症会变成渴血症。天在旋转着，地在震荡着，洪水泛滥着，火山爆裂着，牛马怒吼着……这是什么？是世界的末日到了？驾驭这个世界的上帝，就雇用那些神经衰弱而又勇敢得空前绝后的人，来支持这个世界。也许正因为受着上帝的雇用，所以变得这么勇敢。他们张大了吃人的血口，他们实在口渴得很，他们专门要吃奴隶牛马的血，他们想把黄河扬子江似的血都喝干净。他们正在哼哈着，叱咤着，叫喊着，要叫出古代的英雄，要叫出三代的道统，要叫出民族的精魂，来救命，来……叫着的是："天下孰能一之？曰：唯有嗜杀人者能一之！"

这样的叫喊，真像黑夜里小孩子的叫喊，越是叫得响，越是因为他们的胆怯，这是自欺欺人的叫喊，不过想要掩饰自己的害怕，盖住内心的悲哀，世纪末的悲哀。这是悲哀得发狂了。

　　同时，世纪末的人们之中，有些却很忠实于自己的怕血症。他们像兔子一样的"聪明"：把自己的头和美丽的血红的眼睛，躲在自己的脚爪底下，就自以为别人看不见它了，因为它看不见别人了。他们死也不肯走出"象牙之塔"，也许走出了"象牙之塔"，又走进了"水晶之宫"。象牙塔和水晶宫还不是一样的建筑在血肉模糊的骷髅场上？但是你不知道，在象牙塔和水晶宫的里面，始终是别有天地非人间的。这里有肉感，有爱神，有……这里是多么清闲，又多么孤寂，这里多么潇洒，又多么怅惘！即使不幸谪出了象牙塔和水晶宫，也还会吹箫吴市，做个风雅乞丐。一样可以有牢骚，有落拓，等等的诗境和灵感。所有这些上帝御选的人们，总不免要口中念念有词，哼哼唧唧。这是些什么神秘的咒语，还是白天说梦话？不是的。这是仙人传授的口诀，念着可以解救世界末日的劫数。如果奴隶牛马也会这样高尚，也会学着哼哼唧唧，那么，天下的一切怨气都可以宣泄净尽，再也不会有什么天崩地陷的灾祸。是的，这并不是无病的呻吟。病就在于世纪末，病就在于世纪末的悲哀，那是衷心不可救药的无穷无尽的悲哀。这也是悲哀得发狂了。

　　发狂的病是有好些种，上面讲的，就是武痴和文痴的分别。如果豺狼猫狗的万牲园看厌了的话，那么，不妨看看这文痴武痴的疯人院，倒也怪有趣的。

九，十。

画狗罢

张天翼的《鬼土日记》，替我们画了一顿鬼神世界。天翼的小说，例如《二十一个》之类，的确有他自己的作风，他能够在短篇的创作里面，很紧张的表现人生，能够抓住斗争的焦点。他的言语，也的确是"人话"，很少文言的搀杂。不过魄力是比较的不大。如果他尽力于活的现实的反映，那么，一定能够胜任愉快的发展他的才力。可是，最近出版的《鬼土日记》却有点使我们失望。这是因为我们不能够没有"苛求责备"的心。

第一讲到题材方面，这是鬼神世界。问题不仅仅在于"鬼神"，而主要的还在于"世界"。你想：你的题材是六分之五的地球，这未免太大了罢？六分之五的世界，是小说所不能够写的。结果，只能够把世界缩小，放在科学试验室里去。而科学试验室里，陈列着小飞机，小潜艇，小电车……外加活鬼若干，是终究不真切的，免不了所谓"图式化"（schema）的。这种题材，它本身是很不适宜于文艺的表现。六分之五的世界虽然有共同的社会公律和历史过程，可是，这里的现实生活是复杂到万分，发展上是有许多方面的不平衡的。这些共同规律的意义，正在于适应着最繁杂最变动的现象，而能够给我们一个了解社会现象的线索。如果把这些公律机械的表演在文艺的形象里，那么，自然要走到庸俗的简单化方面去。作者的《鬼土日记》恰好走上了这条路。自然，当做社会科学的参考材料看，这未始不是一本"发松的"好书。而当做文艺创作来看，那就不能够不说是失败的了。

第二，这篇小说的名称已经告诉我们：这里面是"鬼话连篇"的。这并没有什么。这是无可奈何的鬼话！与其说了人话去做鬼，倒不如说着鬼话做人。但是，这里可暴露了一个很大的弱点，就是作者自己给自己的自由太大了。"鬼土"里面没有一个真鬼。幻想的可能没有任何范围。这固然是偷巧的办法，然而也是常常容易吃力不讨好的。古话说得好："画鬼容易画狗难"。如果是画狗，随便什么人一看就知道象不象。现在画的是鬼，那就只有鬼知道了。

其实，鬼并不是不可以画的，大家不要以为鬼没有作用。法国人有句俗话，叫作："Le mort saisit le vif"——"死人抓住了活人"。中国的情形，现在特别来得凑巧——简直是完全应了这句话。袁世凯的鬼，梁启超的鬼，……的鬼，一切种种的鬼，都还统治着中国。尤其是孔夫子的鬼，他还梦想统治全世界。礼拜六[1]的鬼统治着真正国货的文艺界。……这样说下去，简直说不尽。我们要画鬼，为什么不画这些鬼呢？

说到画狗，那是更好了。说广泛些：与其画鬼神世界，不如画禽兽世界。本来，中国自然也在六分之五的地球之内。而中国有的只是走狗和牛马。可是《鬼土日记》里面只见人的鬼，而没有见狗的鬼；没有见牛马的鬼；即使有牛马的鬼，也只是影子。

所以我说：还是画狗罢！

九，十。

---

[1] 礼拜六派，又名鸳鸯蝴蝶派。

哑巴文学

中国文学有一个小小的问题。这个问题虽然小，其实是很严重的。任何一个先进国家的文字和言语，固然都有相当的区别，但是书本上写着的文字，读出来是可以懂得的。只有在中国，"国语的文学"口号叫了十二年，而这些"国语文学"的作品，却极大多数是可以看而不可以读的。可以说是过渡时期的现象，但是，这过渡过到什么时候才了？

中国的象形文字，使古文的腔调完全和言语脱离。象形字是野蛮人的把戏。他们总算从结绳而治的程度进了一步，会画画了。结绳时期的每个结，固然不发生读音的问题，野蛮人看着每一个结，只有他们自己"肚里有数"：懂得这是记的什么事。而象形文字的初期，其实也是这种情形。每一个字的形体有作用，而读音却仍旧只有附带的作用。看着字形可以懂得，至于读着懂不懂，那就不管的了。中国古文的读法，因此只是读的人自己懂得的念咒，而中国文字的形体（象形，半象形，猜谜子的会意，夹二缠的假借）也简直等于画符。两千多年中国绅士的画符念咒，保持象形文字，垄断着智识，这是"民可使由之，不可使知之"的绝妙工具。

古文的这种"流风余韵"，现在还保存在新文学里面。这样，大多数的作品，都是可看不可读的。

但是我们应当知道：中国历史上假使还有一些文学，那么，恰好都是给民众听的作品里流传发展出来的。敦煌发现的唐五代俗文学是讲佛经讲故事的记录，宋人平话和明朝的说书等等，都是章回小说的祖宗。而现在的新式小说，据说是白话，其实大半是听不懂的鬼话。这些作品的祖宗显然是古文而不是"平话"。这样是不能够创造出文学的言语的。自然，用这种文字，也可以做出内容很好的作品来。可是诗古文词里面，未始没有这样好的东西，只是这些东西，只能够给看得懂的人消遣消遣。只看不听，只看不读，——所能够造出来的：不是文学的言语，而是哑巴的言语；这种文学也只是哑巴的文学。

其实，新式白话能不能够成为一种听得懂的言语呢？这绝对是可能的。科学的，政治的，文学的演讲里面，一样用着"新名词"，一样用着新的句法。因此，新文学界必须发起一种朗诵运动。朗诵之中能够听得懂的，方才是通顺的中国现代文写的作品！此外……中国虽然没有所谓"文学的咖啡馆"，可是，有的是茶馆，固然那是很肮脏的。然而茶馆里朗诵的作品，才是民众的文艺。这种"茶馆文学"总比哑巴文学好些——因为哑巴文学尽让《三笑姻缘》之类占着茶馆。

八，十五。

一种云

　　天总是皱着眉头。太阳光如果还射到地面上，那也总是稀微的淡薄的。至于月亮，那更不必说，他只是偶然露出半面，用他那惨淡的眼光看一看这罪孽的人间，这是孤儿寡妇的眼光，眼睛里含着总算还没有流完的眼泪。受过不止一次封禅大典的山岳，至少有大截是上了天，只留一点山脚给人看。黄河，长江……据说是中国文明的父母，也不知道怎么变了心，对于他们的亲生骨肉，都摆出一副冷酷的面孔。从春天到夏天，从秋天到冬天，这样一年年的过去，淫虐的雨，凄厉的风和肃杀的霜雪更番的来去，一点儿光明也没有。这样的漫漫长夜，已经二十年了。这都是一种云在作祟。那云为什么这样屡次三番的摧残光明？那云是从什么地方来的？这是太平洋上的大风暴吹过来的，这是大西洋上的狂飙吹过来的。还有那些模糊的血肉——榨床底下淌着的模糊的血肉蒸发出来的。那些会画符的人——会写借据会写当票的人，就用这些符箓在呼召。那些吃田地的土蜘蛛，——虽然死了也不过只要六尺土地葬他的贵体，可是活着总要吃住这么二三百亩田地，——这些土蜘蛛就用屁股在吐着。那些肚里装着铁心肝铁肚肠的怪物，又竖起了一根根的烟囱在喷着。狂飙风暴吹过来的，血肉蒸发出来的，符箓呼召来的，屁股吐出来的，烟囱喷出来的，都是这种云。这是战云。

　　难怪总是漫漫的长夜了！

什么时候才黎明呢?

看那刚刚发现的虹。祈祷是没有用的了。只有自己去做雷公公电闪娘娘。那虹发现的地方,已经有了小小的雷电,打开了层层的乌云,让太阳重新照到紫铜色的脸。如果是惊天动地的霹雳,那才拨得满天的愁云惨雾。这可只有自己做了雷公公电闪娘娘才办得到。要使小小的雷电变成惊天动地的霹雳!

九,三。

菲洲鬼话[1]

军营的篷帐支在沙漠里的荒原上。"这里……现在虽然是荒原，不久就要有万道长虹的电炬，光怪陆离的玻璃窗，庄严灿烂的图书馆，……一切，一切足以代表欧洲白种人的文化，只要能够征服这些蠢如鹿豕，一点儿'国家民族观念'都没有的菲洲土人。"火一般的太阳回家去了，沙漠里吹来的热风还在波动着蒸闷的空气，飞虫嗡嗡嗡的……那军营里的白人伸开了四肢，听那替他打扇的黑奴讲菲洲的神话。

不对，菲洲那里会有什么神话！我们的光荣的希腊才会有神话。菲洲只会有鬼话。好，就听鬼话罢。

"这样，菲洲是罪孽深重的，上帝震怒了。这是在许多年以前，数不清的年数，也许是一万年，也许是一百万年。当初，上帝是很仁慈的，象中国孔夫子那样仁慈。上帝赏赐给菲洲人许许多多牛马驴骡猪羊猫狗，大概总在三万万只以上罢。菲洲人是很富的。牛马驴骡替我们耕田，拉车，推磨，车水……替我们做种种工作；猪羊给我们吃；猫给我们玩，它是多么诗人样的

---

[1] 黄震遐在 1931 年发表了一篇描写蒋介石、冯玉祥、阎锡山的小说《陇海线上》，小说将"中央军"比成"法军"，将中国比成"菲洲"。作者于是创作《菲洲鬼话》和《狗样的英雄》批判国民党的反动文人的这种"民族主义文学"作品。

温柔呵；狗给我们看家，它是多么凶狠和忠实呵。狗本来是最象我们人的，我们人对于上帝也是这样忠实，而对于牛马也是这样凶狠的。生活是多么好。这样一百年一百年的过去。

"到了那一年，忽然，忽然出了怪事。我们菲洲人也听见过中国的《封神榜》，那里的青毛狮子五色神牛等等，是会变成人的。我们菲洲的怪事也就是这么样的：那些牛马……一批一批的，总之，除出最温柔的猫和最忠实的狗之外，这许多畜生都不甘心做奴才了，都不甘心做坐骑了，都不甘心做刀砧板上的肉了，他们一批一批的变成人，直立起来。啊呀，这还了得，天昏地暗了！于是乎我们人就想尽方法去打平这些畜生的犯上作乱。于是乎我们的祭师，就一只手捧着符箓，那是上帝的儿子写的，一只手仗着宝剑，那是上帝御赐的，去平定大乱。要是有中国《封神榜》上的神仙的神通就好了，他们祭起某某法宝，立刻就可以叫畜生现出原形，跨上它的背，骑着就走，还可以揪住它的领毛，左一个耳刮子，右一个巴掌，问它甘心不甘心做奴才。那是多么痛快！

"但是，我们菲洲人不中用，辜负了上帝的恩典。还得上帝给我们帮助，派了天兵天将，把要隘守住了。基督教的上帝多么仁爱呵，阿门！我们得着了上帝赏赐的种种法宝。我们出力的去杀。上帝的法宝是很厉害的：——那'万火筒'轰的一声就轰死几十几百只畜生。那'火鹰'在畜生头上盘旋着，吐出几粒仙丹，立刻开花出来，就炸死几百几千。这叫做放天火。这是最神妙的法宝。有一只火鹰，是用三十万个七两二钱银子炼出来的，其余的成本虽然轻些，也都是用新旧金山的金银和大西洋的仙水炼出来的。至于地上的"连珠火龙"，那也够厉害，"搭搭搭搭"的吐出血红的舌头，这么一扫就可以'舌尖儿横扫五千人'，叫那些畜生变了人仍旧是个死。总之，一切上帝的法宝，都是杀畜生的。

"不过，最可恶的是：第一，这些畜生死不完，每天打死杀死烧死炸死五六千人，有时一两万，据说当时这样一次杀了整整十个月，结算起来，起码就要杀掉一两百万，何况这样屠杀不止一两次；然而，这些畜生仍旧在捣乱，仍旧一批一批的变成人。第二，这些畜生变的人至多只是打死，很少重新打成畜生，再乖乖的做工的；固然也有，但是实在太少了。我们恨不得跑到《封神榜》时代的中国去，问问那些神仙：究竟他们是个什么神通，能够打得那样痛快。问上帝，上帝也说没有办法。

"因此，上帝又大放洪水。我们因为上帝来不及，自己也一天开三坝，大放尼罗河的水，这样去淹死他们。不过并不一定要他们死，主要的是要他们变成鱼鳖。牛马等等是热血动物，会变人；鱼鳖是冷血动物，也许不会变人了。可是，仍旧没有用。这是多么可怕的恐怖世界呵！这些杀不完淹不死打不服的畜生！

"于是乎上帝震怒了。上帝说：你们这些人太不中用了，这样，岂不要连累我连上帝也做不成吗？我要自己动手了！这些畜生的背后一定有恐怖的妖魔势力，给我搜集证据，我来和这妖魔算账！但是，上帝也不能够拿那妖魔怎么样。呵，呵！

"从此之后……结果，上帝也气疯了。菲洲人的消灭，剩下的是那些牛马等等变成的人，一直到现在。只有狗没有变，听说被'牛马人'杀尽了。只有猫没有变，据说逃到月球上去唱诗了。

"如果还有猫狗没有杀完逃完，那就托福托福，托疯上帝的福，在疯上帝仅仅保留的领土上，替上帝打扇，讲神话了。该打该打，不是讲神话，是讲鬼话。"

白人微笑着，他的手摸摸自己的心：心还跳着么，我难道真的疯了吗，难道我亲手造出来的菲洲高等人民族，竟也保护不了吗？

九，九。

狗样的英雄

中国的绅商，中国"孔孙道统"的忠实信徒，不是说和平是中国的民族性么？！然而社会斗争太剧烈了，短兵相接的阵势太紧张了。这种和平主义的假面具是不能够不揭穿的了。因此，战争变成了民族性。看是什么样的战争？

现在，帝国主义的列强和中国各地方各派各系的绅商需要战争，需要势力范围，也就是抢夺民众膏血的剧烈斗争。现在，中国的红白战争一天天的剧烈，所谓剿匪更是中国天字第一号的要紧事情。而剿杀世界的匪头——尤其是中国绅商的太上皇的意旨，这就更需要杀人放火，更需要战争。"凡是必需的，都是合理的"，这是哲学家的话头。文学家就要说："凡是必需的，都是神圣的。"这样的神圣战争就要有狗样的英雄。

因此，中国绅商就定做一批鼓吹战争的小说，定做一种鼓吹杀人放火的文学。这叫做民族主义的文学。读者先生听见我这句话，也许会怀疑："怎么！杀人放火是共匪呀！怎么又是……？"哼！绅商所要杀的并不是"人"，而是奴隶、牛马，并不是"中国民族"，而是别一个民族。请你放心好了。

每天晚上站在那闪烁的群星之下，手里执着马枪，耳中听着虫鸣，四周飞动着无数的蚊子，样样都使人想到法国"客军"在菲洲沙漠里与阿拉伯人斗争流血的生活。

——《前锋》第五期《陇海线上》

这真是神来之笔！中国"中央"政府的军队驻扎在陇海线上，居然和法国殖民家（colonisateur）的"客军"驻扎在菲洲——有如此之相同的情调。这是不打自招的供状。他们自己认为是"客军"，而把民众当做野蛮的阿拉伯人看待。这是的确的事实。他要杀的正是这些"阿拉伯人"。他们所以和冯玉祥阎锡山打仗的缘故，也在于争这一口气："究竟是你们来杀，还是我们来杀。"因此，打胜了冯阎之后，这支民族主义的军队立刻就去打猎了。打什么猎呢？——就是把战场附近的小百姓当做野兽，而去打他们了。于是乎"人"和"野兽"这两种民族之间的战争就开始了。请看民族主义文学家自己的描写：

一方面是所谓阿拉伯人，"这里老百姓们的脸上都罩着一层阴恶的表示，屡次杀气腾腾地偷望着我，他们这些人真可怜，什么都不晓得……老百姓对于屠杀焚烧奸淫掳拐的故事，都已经看得不要看，一望见穿上制服的人，就发生同仇敌忾之心，马上想动手收拾掉他。……他们对于国家没有丝毫的了解，尤其是看见了中央军也发生厌恶之心。"这是一个民族。

别方面是所谓中央军，雇用着德国的凶哥儿（Junker）顾问，豢养着白俄的哥什哈（Cossack）。这样的七个人驻扎在村落里："这自命为英雄的七个人就是（一）巴格罗夫（前两天吃醉酒跛了腿），（二）任林（拿一把无用的好刀，据他说可以威吓），（三）庄克明，（四）张维新，（五）罗敏（十七岁的孩子），（六）驾雀罗夫，（七）我自己。"这是另外一个民族，——中国的"黄埔少年"，保镖世家，俄国的哥什哈，德国的凶哥儿混合组成的一种民族——孙逸仙所谓国族。

这两个民族之间发生战争了，说得清楚些，是国族的猎狗去巡逻"野兽"了：

七人的远征队全副武装的到四围的村落里去巡逻一周……走到一

个很好的村落之前，我发了"散开"的口令，大家马上构成一条散兵线，向村落搜索进去。这天晚上七点钟的时候，我们才狼狈不堪地回来。罗敏已经战死了。张维新的屁股上中了枪，我的帽子丢在一个坟场里。……失败本是意中之事，世界上又安有以七人的实力继续去搜索三个村落的豪举？况且这三个村落的老百姓又是久欲得我等而甘心的土匪呢。

读者先生不要奇怪：七个良民和三村土匪——这土匪似乎太多了！其实，土匪的匪字已经不是《康熙字典》上那样的解释。现在的匪字是一个"民族"的名称。总之，这是七个人的中华国族和三个村落的"土匪民族"之间的战争。

这只是民族主义的战争文学里面的一个小小的插话。不过插话虽然小，却把民族主义文学的原身完全显露了出来。

至于民族主义的战争文学的正面题材，却是《陇海线上》的"为民族而战的尚武精神"。军阀混战之中，两方面都要自己说是"为民族而战"。民族主义的文学，不过在那些四六电报宣言布告之外，替军阀添一种欧化文艺的宣传品，去歌颂这种中世纪式的战争，叫几声"亲爱的同志"，唱几句"咨尔多士，为民前锋"，哼几声：

可是，朋友们——
你可闻过号筒的雄音？
你可闻过战马的悲壮？
在朔风凛烈的天然里，
你可听见前进的步伐声？
呜呼，先驱者呵！先驱者的心！

一点不错！你们是绅商地主高利贷资产阶级的杀人的号筒，你们的声音是多么雄壮，多么壮烈！中世纪式的战争是多么浪漫谛克呵！你们这些号简想号召民众来帮助军阀混战，但是，他们却"久欲得你们而甘心"。因此，你们不能不狼狈不堪的逃回去了。自然，民族主义的文学更加注重的是：鼓吹屠杀民众的剿匪战争了。首先出现的是剿杀"苏联红匪"的小说，叫做什么《国门之战》。这里，假造一些谣言，描写民族主义者杀老婆的本领。那又是多么英雄气概。神话化了的岳飞也拉进了剿匪战争，大声叫喊着"壮志饥餐胡虏肉，笑谈渴饮匈奴血"。这种吃人肉喝人血的精神，的确值得帝国主义者称赞："好狗子，勇敢得很！"请看：

　　大家围着这六个间谍，旅副瞪大了眼睛望着，旁边还有几个高而且大的兵，手里拿着巨斧，旅副停了半天说：——我看再找一把刺刀来切切他们看，……不大工夫，两个老兵抬着一把俄国的喂马切刀放在地下，旅副下令将他们眼睛上的蒙布拿下来，叫他们也认识认识我们中国的手段怎样。我一看那几个间谍：三个俄国人，三个不知国籍的人，嘴里塞满了东西，眼睛露出很凶的神气，似乎他们很欢迎死。旅副叫我先收拾一个，我那时吃了点高粱酒，并且看见了仇人是很喜欢杀掉他们，我用了一把大斧，抡起来照着绑在屋里左边那个长黑头发的人太阳穴上就是一下，差不多砍到鼻梁上了。那个人的头上着了这一斧，太阳穴立刻陷落下去，斧刃的周围都成了白色，我把斧子拿下来，紫黑的血跟着就飞射出来，那人临死的哀鸣也就很小而短促的一叫就完了。不大工夫，我们这几个屠夫弄得血肉狼藉，一股血腥的气味，要不叫吃酒也就呕出来了。

不错，残杀俘虏，他们是会的。这里描写多么"动人"！杀的艺术实在高明。他们还会什么？还会涨着通红的脸，嘴里冒着白沫，慷慨激昂的口中念念有词道："你们不要懦怯，不要顾惜！……你们打倒了赤俄，你们到了莫斯科，前进！……前进！"

记得"五四"前一年鲁迅有一篇《狂人日记》发表。那狂人为什么发狂？只不过为着中国的礼教吃人。足见得那时候的人神经多么衰弱，为这点

"小事"就气得发狂了。现在呢？现在吃人的不只是礼教，而老实不客气是真把人肉放在刀砧板上细细的剁，还要唱着新诗，歌颂一番这样英雄的事迹。可是，现在的"狂人"，他们也不是当年那么狂法了，他们不但"在脸上杀气腾腾的表示了"，而且……读者先生，请你等着新的《狂人日记》罢。

三二，八，二〇。

猫样的诗人

诗人！吓！诗人，还了得！

据说现在中国的文坛是太撒野了。有一些诗人在报纸上大登其广告，告诉我们这个"真理"。还说，他们要出一种有声有色的《声色》杂志，来做勒住这野马的缰绳。

我们并非诗人，不懂得为什么中国文坛上是撒野的野马。也许，那些"该杀的"就因为撒野的缘故所以被杀了的罢？剩下来的撒野的野种，在等着杀的时光，还应当在嘴上套起勒口，扣上缰绳。好吧，我们且看一看这有声有色的《声色》。

原来这声是歌声，这色是色情。这是另外一种缰绳，并非牵着战马去上战场的那一条。因为马和美人固然同样是英雄的配角，不过美人在英雄的怀里，马却是英雄的坐骑，它的死所是战场，不是红绡帐里。英雄要为民族而战，要沥血沙场，固然要用牵马的缰绳。但是，丰功伟烈的报酬，还要有美人，有声色，有这另外一种缰绳，把一切野马羁縻住了，让咱们的英雄享清福。温文尔雅不撒野的猫，唯美主义的《声色》就是这另外一种的缰绳了。

《声色》上有些什么？最大的就是一只猫。这猫大得可以！

她蹲在她的后腿上，两只前腿静穆的站着，像古希腊庙楹前的石柱。

——《声色》创刊号第十五页，徐志摩：《一个诗人》。

咱们的大诗人化身为小小的虱子，在这雌猫的四腿两股之间欣赏着，出神的看着。他们是在鉴赏那希腊石柱的雕刻艺术吗？也不完全如此。鉴赏的是有许多，这是：

你的乳，我的痛嚼的胭脂，我的乱吞的铅粉，我的狂饮的香水……

还有——

人的说不出的什么心事也会被引起两片蚌肉一般……

张开你的皓臂和银腿，让你的浑圆，肥满，丰润，柔嫩，奢华的壮健，猥亵的洁白，淫欲的伶俐，来喂饲我因饥饿那不知道的事物，因相思那无名的事物，而憔悴得快要垂萎的灵魂。

——同上，第二十三页。

还有——

是女人半松的裤带在等待着男性颤抖的勇敢。

——同上，第三页。

好了，够了！

猫——不撒野的温文尔雅的猫，捉老鼠是很凶狠的猫，见着主人很驯服的猫。据说，这样的猫"是一个诗人，纯粹的诗人"。（同上，第十五页。）

凶狠的吃老鼠的猫，"叫春"时候的音调，倒也的确很浪的。但是，老实说句撒野的话：它是一个清客，它的主人是"吃租阶级"（rentiers）。"文学青年们"，假如你们有租可吃的话，不管是田租，房租，还是地皮租……只要有得吃的话，那么，你们抚摸这只温文尔雅不撒野的猫罢。

八，十八。

吉诃德的时代

据说中国识字的人很少。然而咱们没有统计过，如果说中国的识字人只有一万，或者两万，大概你总要摇头罢？可是，事实上所谓新文学——以及"五四式"的一切种种新体白话书，至多的充其量的销路只有两万。例外是很少的。

其余的"读者社会"在读些什么？如果这一两万人的小团体——在这四万万的人海之中，还把其余的人当人看待的话，我们就不能够不说中国还在吉诃德的时代。"中国"！——我是说那极大的大多数人的中国，与欧化的"文学青年"无关。

欧洲的中世纪，充满了西洋武士道的文学。中国的中世纪，也就充满着国术的武侠小说。中国人的脑筋里是剑仙在统治着。西班牙中世纪末的西万谛斯写了一部《董吉诃德传》[1]，把西洋武士道笑尽了。中国的西万谛斯难道还在摇篮里？！或者没有进娘胎？！

不错，中国的《水浒》是一部名贵的文学典籍。但是，恐怕就一部罢。模仿《水浒》的可以有一万部，然而模仿到什么地方去了呢？草泽的英雄，结果即使不是做皇帝，至多也不过劫富济贫罢了。梦想着青天大老爷的青天

---

[1] 指塞万提斯的《唐吉诃德》。

白日主义者，甚至于把这种强盗当做青天大老爷，当做救苦救难观世音菩萨。我们可以想得到：是有那种"过屠门而大嚼"的人！——这个年头，这个世界，不但贪官污吏豪强绅商要多少有多少，而且，怨恨的对象又新添了贪工头，污那摩温[1]，大小买办，×国新贵。——恨得真正切齿，你可以看见他们眼睛的凶光，可以看见他们紧张的神经在那里抖动，你可以看见他们吃烧饼的时候咬得特别起劲，这是他们在咬"仇人"的心肝，刚刚他们脑筋里的剑仙替他们杀死了挖出来的。然而，既然这样恨那些贪官污吏，以及新式的贪什么，污什么的，那么，他们要干什么，他们打算怎么干？他们吗？相信武侠的他们是各不相问的，各不相顾的。虽然他们是很多，可是多得象沙尘一样，每一粒都是分离的，这不仅是一盘的散沙，而且是一片戈壁沙漠似的散沙。他们各自等待着英雄，他们各自坐着，垂下了一双手。为什么？因为："济贫自有飞仙剑，尔且安心做奴才。""欲知后事如何"？那么"请听来生分解"罢。

至于那些十五六岁的小孩子，偷偷地跑到峨眉山五台山去学道修仙练剑，——这样的事，最近一年来单是报纸上登出来的，就有六七次，——这已经算是有志气的好汉，总算不在等待英雄，而是自己想做英雄了。究竟想做的和等待的是些什么样的英雄？那你不用问，请自己去想一想：这些英雄所侍候的主人，例如包公，彭公，施公之类，是些什么样的人物，——那么，英雄的本身也就可想而知的了。英雄所侍候的主人，充其量只是一个青天大老爷，英雄的本身又会高明到什么地方去呢？

武侠小说连环图画满天飞的中国里面，那中国的西万谛斯……还是在摇篮里呢，还是没有进娘胎？！不是的，这些西万谛斯根本就不把几万万"欧化之外的读者"当人看待。你或者要说：这几万万人差不多都不读书。那么，我反问你一句：你看不看见小茶馆里有人在听书？

九，八。

---

[1] Number one 的音译，工头。

苦力的翻译

外国鬼子却象发疯一般，还要大家（苦力）加快赶路。他对西崽说："我给他们每人每天二两银子。他们要多少就给多少罢。"西崽答了一声："是。"他把外国人怎样发恼，势力怎样的大，脾气怎样的坏，和轿夫们说了一遍，而且说外国人说的，他的女人要是死了，到下一站，就要到衙门里去告状呢。

——《小说月报》第二二卷八月号，
波兰谢洛随斯基[1] 著的《中国的苦力》。

这些轿夫苦力的确请到了一个"好"翻译。虽然这个翻译是西崽，他却译得很顺。虽然这个翻译译得很错，可是他译得很顺。

这样的翻译是会翻身的。中国的上海现在可以看见很多的精致的洋房，里面住着的人固然大半是外国鬼子，但是也有不少中国人。这些中国人之中，有些便是这样的翻译连身都翻过来了的。自然不止在上海。可是尤其是上海的耀武扬威大出殡，大做寿，大造祠堂，大大的做旅沪几十年纪念的那些高等华人，的确曾经当过这样的翻译，同时，捡着了外国鬼子遗失的钱包，却

---

[1] 现译谢罗谢夫斯基，波兰作家。

会很信实的恭候洋大人领取的。因此，这种翻译的确是"未可厚非"。不过，苦力实在不需要他！

同时，如果另外一个翻译把这句话译做："在我的女人不致死在中途，尤其更好些地，能使她赶到就医的前站而能痊愈的条件之下，我将给轿夫们以各个人每天二两银子计算的赁银。我甚至将给如此之多，如彼之多他们将要求的。"这样的翻译错是不错，但是不顺。苦力也不需要他。因为他的"中国话"不是中国活人嘴里讲的话，不是活人耳朵里听得懂的话。

难道翻译不能够又顺又不错吗？不会说活人的话，这自然是不可能的。难道顺就一定要错一点吗？这可只有高等华人知道了，恕不代答。

九，三。

水陆道场

民族的灵魂

黄昏之后。新月已经上来了，连无限好的夕阳都已经落山了。只有阴森森的鬼气。大门口的石狮子都皱着眉头，它们的真正厚到万分的脸皮上淌着冰冷的眼泪。

昏暗的黑魆魆的大门口，先发现两星红火，——这是两枝香；跟着，一盏灯笼出现了，灯笼的火光是那么摇荡着，禁不起风似的缩头缩脑，可是，因为周围是乌黑的，所以还勉强看得出那油纸灯笼上印着的三个红字："×国府"。

听罢：那些打着灯笼捧着香的人一递一声的叫应着：

"阿狗！回来罢！阿狗，……快快儿的回来……罢！"

"回来了！回……来了！"

这是读者先生家乡的一种……一种什么呢？——一种"宗教仪式"。据说，人病了，是他的灵魂落掉了，落在街上，甚至于落在荒山野地。所以要这样叫他，而且还要有一个人装着病人的灵魂答应着。又据说，这样一叫一应，病人的病就会好的。这种宗教仪式，叫做叫魂。自然，这种叫魂的公式，不一定是阿狗可以用，阿猫也可以用，阿牛阿马都可以用。

听说所谓民族也有灵魂。因此很自然的，这位民族先生生了病，也非得实行叫魂不可。

民族先生的病的确不轻。读者先生的贵处有一种传说，说阴间有刀山，有油锅，有奈何桥，有血污池；甚至于人的"生魂"也会到这种精致而巧妙的地狱里去受罪。譬如说，阴间的阎王把你用一只钩子吊住脊骨挂在梁上，那你在阳间就要"疽发背死"。现在这位民族先生的"生魂"，大概是被某一殿的阎王割掉了一只手臂。他在哀求着其他的九殿阎王救命；可是，这些阎王也正在准备着刀锯斧钺，油锅炮烙，大家商量着怎样来瓜分脔割。因此，民族先生的病状就来得个格外奇特。

于是乎叫魂也就不能够不格外奇特的去叫。听着：七张八嘴一声叫两声应的，把千年百代的十八代祖宗的魂都叫了出来，把半死不活的行尸走肉的魂也叫了出来，甚至于把洪水以前的猢狲精的魂也叫了出来。什么岳飞，诸葛亮，曾国藩，吴大澂，邓世昌……这些千奇百怪的鬼，据说，都是民族的灵魂；又据说，这些灵魂叫回来之后，民族的病就会好的。

民族的灵魂，——就是民族的意识。这民族的意识是什么？民族先生的生魂马占山回答得最清楚：

奴耕婢织各有专职，
保国御侮责在军人。

换句话说，叫醒民族的灵魂是为着巩固奴婢制度。的的确确不错，如果我们把上面所叫的那些灵魂审查一下，那一批不是为着拥护奴婢制度而斗争的！？好个"伟大的"岳武穆，他死了还会显圣，叫牛皋等不准抵抗秦桧，不准犯上作乱，他自己宁可遵守无抵抗主义的十二道金牌，把中国的领土让给金国，而不肯违背奴隶主的命令（见《岳传》）。现在抵抗不抵抗日本阎王的问题，不过是一个"把中国小百姓送给日本做奴婢，还是留着他们做自己的奴婢"的问题。其实，中国小百姓做"自己人"的奴婢，也还是英美法德日等等的奴婢的奴婢，因为"自己人"的岳武穆之流原本是那么奴隶性的。岳武穆之流的灵魂和精神就在于要想保持他们的"一人之下，万人之上"的地位。这种灵魂和精神，必须叫回来：

"岳武穆……，回来罢！"

"回来了！"

流氓尼德[1]

欧洲资产阶级的老祖宗是海盗出身。那时候他们的所谓做生意，老实说，实在是很浪漫谛克的：一只手拿着算盘，一只手拿着宝剑，做生意做到那里，也就是抢到那里。东印度公司……鸦片战争等等已经是大规模的海盗队了。后来，他们一天天的肥胖起来，大家要搭绅士架子，于是乎有所谓市场道德。这也许是他们的福气。因为当时世界还没有瓜分完结，所以抢劫的地方，范围很大，在自己家里尽可以装着斯斯文文的样子，据说要每个人拿出"真本事"来，在市场上"自由竞争"。十分露骨的霸占，撞骗，投机……

---

[1] [注] 流氓尼德是 Linmanité 的译音。欧洲 human 这个字根是"人"的意思，加上一个 ité 的字尾，变成 humanité——虞芒尼德，就是"人类，人道，人性"等等的意思。这个字尾表示一种抽象的集合的属性的，意义的确来得巧妙。依照这个办法，新仓颉就造成了这样一个新的字眼"流氓尼德"，意思是流氓种，流氓性，流氓精神，流氓手段，流氓主义，流氓党，流氓学说，流氓制度，还有流氓路数——a type of liuman，都包括得了。

[疏] 据国故学的说法却不是这样。郑康成的丫头曰："流氓尼德"明明四字，并非一个字眼。流氓尼德之尼，仲尼之尼也；德，德行之德也。是犹曰，氓虽流而有仲尼之德也。故流氓——继承尧、舜、禹、汤、文、武、周公、孔子……之道统者也。——作者注

是不行的。这所谓"真本事"，当然是剥削剩余价值的本事，要拿出来的东西，老老实实是成本轻，价钱便宜，货色道地。跟着，政治上也有所谓立宪人权……国会制度。道地的国会制度——现在帝国主义的时代差不多已经完全消灭——可是，在当初，这却是个"最高的理想"，这就是所谓"自由竞争"的市场的照片：也是要拿出"真本事"来制造民意，取得所谓大多数的选举票的。现在，这自然已经是老古董，早就不时髦的了。

资本主义发展到殖民地的时候，那就有点儿变种。大概是从海盗种变成了流氓种。请看中国的资产阶级，他们的根性就脱离不了封建式的地主绅士的混乱的血统关系，他们不能够当海盗，他们只能够当海盗的奴才。

中国这个地方，说起来也有点儿奇怪，固然自己也几次三番想当强盗，然而始终做了众人的奴才。这地方的市场上，还能够有什么"道地的自由竞争"吗？不能够。海盗把什么都霸占了去。市场是来得个狭小。于是乎中国的商人资本家，除出剥削剩余价值，榨取农民群众的汗血以外，还必须有点儿特殊的本事。这点儿特殊本事就是流氓精神。谁要是没有这种流氓精神，凭他剥削工农的"真本事"多么大，他在市场上还是要失败的。凡是现在"成家立业"，站得住的大资本家，差不多个个都有一套流氓手段。

流氓的精神差不多全部包含在赌博主义里面。做生意，以至于办实业的，首先要会赌。成千成万的空头生意，放大了胆做去罢。撞它一下，撞得好可以变成头等的绅商，撞不好，还是一个"马路巡阅使"的小瘪三。这叫做"困得落，立得起"。其次就要会打。三刀六洞，白刀子进去，红刀子出来。所谓码头是打出来的。凭你货真价实，我管不了许多。其三是要会骗会吓，还要会抵赖。我们只要看看流氓在茶馆里"讲道理"的神气，就可以看见这种讹诈撞骗的本事。而这正是所谓生意经。其四是要会罚咒。自然，一面嘴里在罚咒，一面脚在底下写着"不"字。嘴里尽管罚着恶咒，一转身，立刻就干得出"天诛地灭男盗女娼"的事情。其五是要会十二万分的没有廉耻。流氓的小辫子要是给人家抓住了，他立刻会磕头下跪。人家说"你是昏蛋"，他一定答应"是，是！"——但是他也会摇着破蒲扇，翘起一个大拇指说：你看我是在提倡国货，多么爱国。……够了！区区并不是流氓，流氓主义的讲演集，还是让流氓党的领袖去出版罢。

读者先生只要稍为留心些中国最近几十年工商业界的具体现象，就可以知道这种流氓性的流氓路数的人物，的确是中国新文学的很别致的题材。

经济上是这样，政治上难道不是这样？最近两三个月以来各种各式的流氓把戏更是多得不得了。自然问题不仅仅是这两三个月里的情形。这种流氓制度的政治，是有流氓学说做根据的。欧洲阶级的伪善的假道学的思想家，在资本主义的黎明时期，至多还不过有客观的无意之中的虚伪和欺骗，他们主观上也许真有些唯心主义，他们讲"民约"，讲"自由博爱平等"，讲"主权属于人民"，他们甚至于还要把"人民"理想化，把这个字眼变成一种了不得的，神秘的象征。至于中国可不同，中国假使也会有资产阶级思想家的话，那他们可是老老实实的"唯物主义者"（注意——并非唯物论者）。他们的脸皮真是厚到十二万分，他们不客气的说：人民蠢如鹿豕笨如牛马，人民是阿斗——昏庸无用不知不觉的昏君，只有他们自己才是精明强干大权独握的诸葛亮。他们这套戏法，不但是万分的无耻，而且是个太巧妙的骗术，他们说："不错，主权是属于阿斗的，因为阿斗是皇帝，然而阿斗有自知之明，自己知道昏庸无用，所以就把全权交给诸葛亮，由他去治理国家。"这个"权"属于人民，又交出去给党国——这样一出一进，一套戏法就变完了。多么巧妙！如果阿斗不肯有"自知之明"，而要动手动脚的来干涉，甚至于自己来治理国家呢？那就是现成的"白刀子进去，红刀子出来"——一套打的手段拿出来！这一副全套的流氓学说，就是流氓制度的政治的根据。你不信？——有书为证！

根据这种整个的学说和制度，自然发生最近两三个月的许多流氓把戏。似乎用不着详细说了。举几个例罢。

"三年之后我如果不能够废除不平等条约，请杀我以谢天下。"——这一个恶咒赌得结实。三年的期限过去了，这班人还会有脸皮跑到人跟前来，拍拍胸膛的叫喊："为什么不相信我们，应当相信我们！相信！相信！谁不相信，就是反动！"八个月以前，早就有"根据人民职业团体选举的国民会议"，还有议决的"约法"。这会议和约法的结果，小百姓亲身尝着它们的滋味。过了八个月，另外又有一帮流氓出来说什么：职业团体代表选举……国民救国会，国民代表会等等。花样是多得很！说嘴郎中说得天花乱坠，他们葫芦里其实还是卖的那一套假药，比砒霜还毒！小百姓气愤不过，抓住一两个流氓，打他们一顿；立刻，就会有人出来打躬作揖的说："赔罪，赔罪，对不起！我要是再卖国，诸位尽管抓我的胡须，打我一个半死不活。"他说着，还真的用手揪揪自己一把有名的大胡子。真做得出来！可是一转身，立刻就去恭请国联的列国联军来共管瓜分。同时，立刻转动机关枪，盒子炮，刺刀，木棍，麻绳……把小百姓大大的教训一顿。这算是诸葛亮用兵如神，杀敌救国。只不过并非救小百姓的国，而且为着实行无抵抗主义，杀无抵抗主义的敌人，保全海盗的奴才的国。……

所有这些——叫做流氓尼德！

一九三一，一二，二五。

鹦哥儿

"昔有鹦武飞集陀山。山中大火，鹦武遥见，入水濡羽，飞而洒之。天神言：'尔虽有意志，何足云也？'对曰：'尝侨居是山，不忍见耳。'"——胡适之引周栎园《书影》里的话做他的《人权论集》的序言。

鹦武是一种鸟儿，俗话叫做鹦哥儿。大家知道鹦哥儿会学嘴学舌的学人话。然而胡适之先生整理国故的结果，发现了它还会救火，这倒是个新发现的新大陆。

话呢，的确不错！现在的鹦哥儿都会救火了。第一，因为新大陆是鹦哥儿侨居过的，所以新大陆要有大火的话，它一定要去救。第二，鹦哥儿的"骨头烧成灰终究是中国人"（见同上），因此，中国正在大火，鹦哥儿也一定要来救的。鹦哥儿怎么救火呢？

鹦哥儿会学人话，它们自然是用自己的花言巧语来救火。

例如一八七一年普法战争的结果，普鲁士的兵打到了巴黎城下；资产阶级的各种党派，看见巴黎工人武装起来防守巴黎，并且组织公社政府，于是乎大家牺牲政见，团结起来一致对付工人，宁可准备把巴黎去投降普鲁士的军队。结果，的确把法国的爱洛两州立刻割让给德国，这样得了德国普鲁士的同意，使普鲁士的军队不来牵制他们，他们就痛痛快快地屠杀了巴黎公社。这个法国资产阶级各种党派联合的政府叫做国防政府，的确救了法国的和德国的资产阶级的统治。中国的鹦哥儿现在也学着法国资产阶级：也牺牲了自己的"人权"论的政见，也主张来这么一个国防政府。再则，最近英国财政资本的统治也开始着了大火了；所谓工党的麦克唐纳立刻牺牲政见，主张裁减工人的失业救济费，减少工人的工资以及国家职员的薪金……他和保守党自由党组织三党联合的国民政府，企图救英国帝国主义的命。中国的鹦哥儿也学着英国的贩卖工人的专家，来主张什么联合各派的国防政府。中国的鹦哥儿就会这样学嘴学舌的救火。固然，他们"虽有意志，何足云耳"，然而他们要救火的诚心，他们要救中国绅商统治以及国际帝国主义统治的诚心，是值得"感激"的！

花言巧语的鹦哥儿，你们的"人权""自由"……还要骗谁呢？

鹦哥儿呵鹦哥儿！你们还不如兔儿爷。兔儿爷有一种特别的骗人的本事：它们遇见什么危险的时候，立刻用两只小巧的前腿，把自己的很美丽的红眼睛遮起来；这样，它们就看不见危险了，它们以为危险也看不见它们了。如果它们遇见的是猎狗，那么，它们这一套把戏，岂不是骗了猎狗又骗了自己么？自欺欺人，一当两用，真正巧妙之至。

中国的兔儿爷现在也应当看见大火了。但是，它们会遮起自己的眼睛来。

自从日本如入无人之境的打进了满洲，一切种种的鹦哥儿，都忽然的发现了中国的大火；大学教授，新闻记者……都在叫着："赤焰薰天，疮痍遍地。"大家口头上都要救国，其实是要救火。有些人也许衷心至诚的要解放中国，甚至于要解放的还是劳动群众；可是他们象兔儿爷一样故意遮起自己的眼睛来，说："劳动群众腐化了么？为什么不起来救国？"他们遮起了自己的眼睛，不看那些对于帝国主义不抵抗的枪炮飞机手榴弹……正在对准着劳动群众，而且这些家伙对于劳动群众决没有对于"吾人子弟"的学生那么客气。结果，这些人的至诚，客观上仍旧是替绅商统治救火，——因为他们这样"至诚的态度"比鹦哥儿更加容易骗人。所以兔儿爷终究也是一种骗人的鹦哥儿，不过道行和法力比较得更深些罢了。

可以说：一切种种的鹦哥儿，连兔儿爷式的也在其内，虽然会学着人话七张八嘴花言巧语的说个不了，然而他们大家一致不说的却有一件"小小的"事情。这是一件什么事情？这就是成千成万的平民小百姓被人家屠杀，剥夺任何的自由和权利，做牛做马的做着苦工。这些小百姓还是牛马的时候，日本的以及法国英国美国……资本家的军队要开进中国来，永久是如入无人之境的。

中国的绅商统治之下，中国原是个"no man's land（无人之境）"！

一九三一，一二，二六。

沉 默

世界上有那种"听得见历史的脚步"的耳朵。他们要象猎狗一样，把耳朵贴伏在土地上，然后他们的耳朵才听得见深山里的狼叫和狮吼。可是，这种耳朵有时候也会生病的；生了病的耳朵就觉得什么都是沉默了。

何况这世界上的声音并非都是中听的。不中听的声音，还有人故意把它掩没住了。于是乎更觉得什么都是沉默的了。

远一些：譬如大西洋的英国舰队里，据说曾经发出革命歌的歌声，——那些英国水兵反对麦克唐纳的国民政府减少兵士的饷银，一致罢操，把舰队开到了伦敦，违抗国民政府的命令（《申报》）。过不了多少时候，这些革命歌的歌声听不见了。难道就这么沉默了？！近一些：在中国的满洲，"日兵中有受日本全国劳动协会暨共产党……各机关报之感触者，——该机关报刊载反对侵略满洲之论文，并谓出兵为进攻苏俄之前阶——以为抛妻别子为谁战争，为谁侵占满洲，故一部分兵士，于进攻马占山时，主张怠战……旋日军于下令进攻大兴时，驱此二三百名日兵为最前线，而白川大将竟密令亲信兵士，在后用机关枪扫射，可怜此二三百名日兵，均遭残杀。"（上海《社会日报》）这些主张怠战的呼声和机关枪扫射的响声，我们也没有听见。这些声音难道也都是沉默的吗？

当然不是的！不过这一类的声音对于民族主义者，都是不中听的。民族主义者之中的"最左派"尚且认为"工人无祖国"；对于日本欧美的劳动者，至多是"或许要有一部分的理由"。因此，所有这些不中听的声音，一概都掩没起来。

关于我们中国自己人的声音，那就更不必说了。

中国的平民小百姓还沉默吗？据那些生着"听得见历史脚步的耳朵"的人说——是的。事实上可不是的。

那些呼吼着的反抗的声音，虽然已经震动着山谷，然而绅商只要还有一分的力量，他们也必定竭力去掩没的。至于对付将要呼吼起来的声音，那就有一切种种的武器，可以用来堵住民众的嘴和鼻子，割断那些会呼吼的喉管。于是乎对人说：这些小百姓沉默了！

但是，总有那一天——这些不中听的声音终究要掩没不住的。

暂时，并不是平民小百姓沉默，而且绅商大人还在临死挣扎的大呼小叫；因此，大人老爷们的救命的叫喊，在一些地方盖过了平民小百姓的反抗的呼吼。这或许也是一种沉默。

这种"沉默"都是气象测验术里的一个术语。读者先生想一想：夏天，暴风雨之前，霹雳的雷声正要响出来可还没有响的那几秒钟，宇宙间的一切都像静止了，——好比猫要扑到老鼠身上去的时候一样，它是特别的沉默，——一根绣花针落到地板上去都可以听得见的。这种静止和沉默之后，跟着就要有真正的震动世界的霹雳！

一九三一，一二，二六。

暴风雨之前

宇宙都变态了！

一阵阵的浓云；天色是奇怪的黑暗，如果它还是青的，那简直是鬼脸似的靛青的颜色。是烟雾，是灰沙，还是云翳把太阳蒙住了？为什么太阳会是这么惨白的脸色？还露出了恶鬼似的雪白的十几根牙齿？

这青面獠牙的天日是多么鬼气阴森，多么凄惨，多么凶狠！

山上的岩石渐渐的蒙上一层面罩，沙滩上的沙泥簌簌的响着。远远近近的树林呼啸着，一忽儿低些，一忽儿高些，互相唱和着，呼啦呼啦……嘁嘁喳喳……——宇宙的呼吸都急促起来了。

一阵一阵的成群的水鸟，不知道在什么地方受着了惊吓，慌慌张张的飞过来。它们想往那儿去躲？躲不了的！起初是偶然的，后来简直是时时刻刻发现在海面上的铄亮的，真所谓飞剑似的，一道道的毫光闪过去。这是飞鱼。它们生着翅膀，现在是在抱怨自己的爷娘没有给它们再生几只腿。它们往高处跳。跳到那儿去？始终还是落在海里的！

海水快沸腾了。宇宙在颠簸着。

一股腥气扑到鼻子里来。据说是龙的腥气。极大的暴风雨和霹雳已经在天空里盘旋着，这是要"挂龙"了。隐隐的雷声一阵紧一阵松的滚着，雪亮的电闪扫着。一切都低下了头，闭住了呼吸，很慌乱的躲藏起来。只有成千成万的蜻蜓，一群群的哄动着，随着风飞来飞去。它们是奇形怪状的，各种颜色都有：有青白紫黑的，象人身上的伤痕，也有鲜丽的通红的，象人的鲜血。它们都很年青、勇敢，居然反抗着青面獠牙的天日。

据说蜻蜓是"龙的苍蝇"。将要"挂龙"——就是暴风雨之前，这些"苍蝇"闻着了龙的腥气，就成群结队的出现。

暴风雨快要来了。暴风雨之中的雷霆，将要辟开黑幕重重的靛青色的天。海翻了个身似的泼天的大雨，将要洗干净太阳上的白翳。没有暴风雨的发动，不经过暴风雨的冲洗，是不会重见光明的。暴风雨呵，只有你能够把光华灿烂的宇宙还给我们！只有你！

但是，暂时还只在暴风雨之前。"龙的苍蝇"始终只是些苍蝇，还并不是龙的本身。龙固然已经出现了，可是，还没有扫清整个的天空呢。

一九三一，一二，二七。

新鲜活死人的诗

诗人就是死也死得"高人一等"。这固然不错。但是，诗，始终是给活人读的。为什么诗人爱用活死人的文字和腔调来做诗呢？！

中国古文和时文的文言，据刘大白说，是鬼话。仿佛周朝或者秦汉……的人曾经用这种腔调说过话。其实这是荒谬不通的。

中国的社会分做两个等级：一是活死人等级，二是活人等级。活死人等级统治着。他们有特别的一种念文章念诗词的腔调，和活人嘴里讲话的腔调不同的，这就是所谓文言。现在的所谓白话诗，仍旧是用这种活死人的腔调来做的。自然，有点儿小差别。因为暂时还只有活死人能够有福气读着欧美日本的诗，所以他们就把外国诗的格律，节奏，韵脚的方法，和自己的活死人的腔调生吞活剥的混合起来，结果，成了一种不成腔调的腔调，新鲜活死人的腔调。为什么是不成腔调的腔调？因为读都读不出来！为什么是新鲜活死人的腔调？因为比活死人都不如！陈旧的活死人已经只剩得枯骨，而新鲜的活死人就一定要放出腐烂的臭气。

活死人的韵文，甚至于"诗样的散文"，读起来都是"声调铿锵"的，例如：

赤焰薰天，疮痍遍地，国无宁岁，民不聊生。

——《上海大学教授宣言》

武将戎臣，统率三军队，

结阵交锋，锣鼓喧天地，

北战南征，失陷沙场内，

为国捐躯，来受甘露味。

——《瑜伽焰口》

这种活死人的诗，原本是不要活人懂的。用它来放焰口——一心召请岳飞诸葛亮等的耿耿忠魂，也许还有点儿用处。死鬼听见这样抑扬顿挫的音调，或者会很感动的跑出来救国呢。

至于新鲜活死人的诗，那真是连鬼都不懂。

这是因为什么？因为中国现在的诗人，大半是学着活死人的腔调，又学不象。活死人的诗文，本来只是他们这些巫师自己唱着顽的。艺术上的"条件主义"是十足的，所讲究的都是些士大夫的平仄和对子。新鲜活死人学着了：

只因为四邻强敌，虎视眈眈，

只因为无耻国贼，求荣谄媚，

把我们底宝藏，拱手赠送他人，

把我们底权利，轻轻让于外国……

——《理想之光》

这实在是一篇很拙劣的变相四六文，读着它肉麻得要呕呢！这里活死人的影响非常之大。最低级的旧式大众文艺，算是白话的了；可是，一描写到景致，一叙述到复杂的情形，也往往用起韵文，而且一定要用这种活死人的腔调。例如："一壁厢柳暗花明，一壁厢山清水秀"等等。那篇所谓诗剧的

《理想之光》的程度，大概至多也不过如此罢了。

再则，这些诗人学欧美的诗，其实又不去学它的根本。欧美近代的诗已经是连用活人的白话里的自然的节奏来做的。而中国诗人却在所谓欧化的诗里面，用着很多的文言的字眼和句法。欧美近代的诗，读起来可以象说话似的腔调，而且可以懂得，中国现在的欧化诗，可大半读不出来，说不出来。即使读得出来，也不象话，更不能够懂。例如当代诗人有这么一句："美人蟒首变成狞猛的髑髅"。读者听着，这是："美人遵守变成柠檬的猪猡！"

难道平民小百姓的活人的话，就不能够做诗么？固然，因为中国的艺术的言语几千年来被活死人垄断着，所以俗话里的字眼十分单调，十分缺乏。然而平民小百姓的真正活的言语正在一天天的丰富起来。如果平民自己能够相信自己的力量，脱离一切种种活死人的影响，打破一切种种活死人的艺术上的束缚，那么，我们一定能够创造出平民的诗的言语。

至于陈旧的和新鲜的活死人，

> 他们爱呢？又要害羞；
> 思想，也要赶走。
> 出卖着自己的自由，
> 对着偶像磕头；
> 讨那一点儿钱，
> 还带一根锁链。

一九三一，十二，二八。

财神还是反财神？

财神的神通

"谁的胳膊粗、拳头大，谁是主子。"有人这样说。

这句话仿佛是对的。自从状元老爷倒了运，轮着军官大人出风头了。军官大人不但胳膊粗拳头大，而且还有洋枪洋炮，飞机毒瓦斯，坦克车……！

然而，武侠小说上的飞剑和拳术，始终只能够在梦里安慰安慰穷人。而洋枪洋炮，也不过是财神菩萨的法宝。没有财神菩萨的保佑，不但胳膊粗拳头大的武士只配当个把保镖的，就是该着洋枪洋炮的英雄也还做不成主子。

中国的国货财神，向来就分做五路——所谓五路财神是也。可是，现在世界，样样欧化；固然化不彻底，然而至少财神也变成了半吊子的欧化财神了。因此，中国现在的财神是五代同堂多子多孙，至少总有十七八路。这都是些英国种，美国种，法国种，日本种的……杂种财神。他们各霸一方，做着真正的主子。现在读者诸君的贵国，早就是："谁的洋钱多，神通大，谁是主子”了!

不过还要添一句话，就是这些主子还有自己的主子。中国主子的主子就是英美法日的大财神，此其一。其二，中国的许多财神主子，三四路一帮，八九路一帮，互相勾结着，——为着要互相吵架打仗，抢码头，夺地盘。中国的各帮小财神的打架，也是听着外国的各帮大财神的指使的。

这样，一切种种中外大小的财神菩萨才是中国的主子。财神菩萨保佑谁，谁就可以雇用指挥洋枪洋炮的军官大人，谁就可以喂养吹吹打打的状元老爷，——从会写四六文章的书启起，一直到会做印象主义的欧化文艺为止。

话已经说明白了。现在的状元老爷，就是一切种种新式的旧式的政客。军官大人，就是那些坐飞机吃大菜，以至于穿青布棉大氅的军阀。而财神菩萨是一切种种帮口的绅商。

绅商之中，首先要说到的就是地主，他们是当然的绅士，同时，他们一定要做生意；中国农民的汗和血，中国的米麦豆和棉花，丝和茶叶，中国手工工人的一切种种生产品，逃不了地主绅士的商行；中国一切穷人的生命都在地主绅士的掌握里面：那许多当铺钱庄……以至于税收机关，收租法庭，象天罗地网似的布满了全中国。其次，就是那些绅士化的资本家，他们的花花绿绿的商店里，贩卖着乱七八糟的西洋货和东洋货，他们的乌烟瘴气的堆栈里，收罗着许多外国大财神需要的货色。这些资本家中，固然也有些开着工厂，和外国财神“竞争”。你知道他们竞争些什么？他们和外国财神竞争的是：谁剥削工人剥削得凶些。自然哪！他们是在“提倡国货”，更加有理由叫工人“增加生产效能”！于是乎男男女女大大小小的工人，从五六十岁到五六岁，从天亮六点钟到天黑六点钟，甚至于从鸡叫到三更，都在天天挤出自己的血汗来，替中外财神“造产”。

可是，因为世界上的大财神——国际的帝国主义的资产阶级，垄断着中国的市场，支配着中国的经济命脉，所以中国的小财神无论怎样压榨，自己总还不能够满足。他们因此十分谦虚，对人说：我们并不是财神，不过是“小贫”而已。他们也就非常之驯服，对着外国大财神总是“镇静而无抵抗”，想多得几个赏钱。可是，他们还很勇敢——时时刻刻要互相决斗，为的是要抢赏钱。

为着抢赏钱的缘故，中国的绅商领袖在上海就分成两大帮：江浙帮（又叫作阿拉帮）和广东帮。至于其余的小码头，每一省，甚至于每一县，都分成许多小帮口。你抢我夺，白刀子进去红刀子出来。军阀制度的基础就在这里。

最近，一九三二年的一月，江浙帮和广东帮又大大的斗了一阵法宝。虽然还没有动刀动枪，这出滑稽戏也就够好看的了。结果暂时仿佛是讲和了。于是乎长着翅膀会飞的皇帝又飞回了金銮宝殿；于是乎梦想正位的太子仍旧只能够稍微委屈一些。飞行皇帝为什么腰把硬？因为江浙帮的财神保佑他。太子为什么不能够得意？因为他的财神要想"接收"上海市商会而没有成功。

谁说"胳膊粗拳头大的就是主子"？

自然，中国的财神没有洋枪洋炮也是做不成功的。但是，单有洋枪洋炮的，单有青龙偃月刀丈八蛇矛的，单有粗胳膊大拳头的，——始终只配做大大小小的保镖的。这些保镖的用处，就是打架抢码头，就是屠杀反抗财神的一切人。看罢：现在各帮的财神联合着屠杀，屠杀一切反抗财神的群众，屠杀一切反抗日本大财神的群众。看罢：现在各帮的财神又正在互相勾结，互相排挤，这些讲和，那些又吵嘴，——不久又要自伙儿里大大的打起来！

狗道主义

最近有人说："只有人道主义的文学，没有狗道主义的文学。"

然而，我想：中国只有狗道主义的文学，而没有人道主义的文学。中国文人最爱讲究国粹，而国粹之中又是越古越好，因此要问读者诸君贵国的文学是什么，最好请最古的太史公来回答。他说，这是"主上所戏弄，倡优所畜，流俗之所轻也"！

人道主义的文学，据说是"被压迫者苦难者的朋友"。可是，请问中国现在除了"被压迫者苦难者"自己之外，还有什么"朋友"？"苦难者"的文学和"苦难者朋友"的文学，现在差不多都在万重的压迫之下。这种文学不能够是人道主义的，因为"被压迫者"自己没有资格对自己讲仁爱，没有可能也没有理由对压迫者去讲什么仁爱的人道主义。

于是乎狗道主义的文学就耀武扬威了。

固然，十八世纪的革命的资产阶级文学之中，曾经有过人道主义。然而二十世纪的中国资产阶级，尤其是一九二七年之后，根本不能够有那种人道主义。中国资产阶级始终和封建地主联系着，最近更和他们混合生长着。帝国主义支配之下的"关余万能"主义[1]，外国资本的垄断市场，租田制度和高利贷商业资本的畸形发展，……使榨取民众血汗所形成的最初积累的资本，总在流转到一种特殊的"货币银行资本"里去，而且从所谓民族工业里逃出来。中国资产阶级之中的领导阶层，现在难道不是那些中国式的大大小小的银行银号钱庄吗？这些"货币银行资本"的最主要的投资，除出做进出口生意的垫款和高利贷的放账以外，就是公债生意。而在公债等类的生意里面，利率比那种破产衰落的工业至少要高二三十倍。这种资产阶级会有什么人道主义？！他们要戴起民族的大帽子，不是诓骗民众去争什么自由平等。不是的。远东第一大伟人，比卢梭等类要直爽而公开得多。这大约是因为中国有一座万里长城做他的脸皮。他就爽爽快快的说：不准要什么自由平等，国民应该牺牲自由维持不平等，而去争"国家的自由和平等"。所以这项民族的大帽子，是用来诓骗民众安心做奴隶的。欧洲十八世纪的资产阶级要诓骗民众去争取自由平等，为的是多多少少要利用民众反对贵族地主，要叫民众"自由平等的"来做自己的奴隶，而不再做贵族僧侣的奴隶。中国现在的资产阶级又要诓骗民众"为着民族和国家"安心些，更加镇静些做绅士地主和自己的共同奴隶。

[1] 1858年的《天津条约》规定由英国管理中国海关，关税首先偿还外债，剩余的才给中国政府，这就是"关余"。国民党政府的多个部门为争夺关余，纷纷表示自己拿到关余就能做成某事，于是被讥讽"关余万能"。

所以很自然地只会有狗道主义的文学。这是猎狗，这是走狗的文学，因为这些地主资产阶级的走狗的主人，本身又是帝国主义的走狗。这种走狗的走狗，自然是狗气十足，狗有狗道，此之谓狗道主义。

狗道主义的精义：第一是狗的英雄主义，第二是羊的奴才主义，第三是动物的吞噬主义。

英雄主义的用处是很明显的：一切都有英雄，例如诸葛亮等类的人物，来包办，省得阿斗群众操心！英雄的鼓吹总算是"独一无二的"诓骗手段了。这是独一无二的，因为另外还有些诓骗的西洋景，早已拆穿了；只有那狗似的英勇，见着叫花子拼命的咬，见着财神老爷忠顺的摇尾巴——仿佛还可以叫主人称赞一句："好狗子！"至于羊的奴才主义，那就是说：对着主人，以及主人的主人要驯服得象小绵羊一样。

话说元朝时候，汉族的绅商做了蒙古王公的走狗和奴才，其中有一位将军叫作宋大西[1]，他对于元朝皇帝十分忠顺。他跟着蒙古军队去打俄罗斯，居然是个"勇士"。元朝的帝国主义打平了中国，又去打俄国，——他是到处都很出力的，到处都要开锣喝道的喊着："万岁哟，马上的鞑靼！永久哟，神武的大元！"有一天，他忽然间诗兴勃发，念出一首诗来：

外表赛过勇士，心里已如失望的小羊。

无家可归的小羊哟，何处是你的故乡？

这首诗的确高明，尤其是那"赛过"两个字用得"奇妙不堪言喻"。真是天才的诗人呀！"赛过"！一只驯服的亡国奴的小羊，居然赛过勇士和英雄！

这些狗呀羊呀的动物，有什么用处？嘿！你不要看轻了这些动物！天神还借用它们来惩罚不安分的罪孽深重的人类呢。

原来某年月日，外国的天父上帝和中国的财神菩萨开了一个方桌会议，

---

[1] 宋大西是黄震遐的《黄人之血》里的角色。

决定叫这些动物，张开吃人的血口，大大的吞噬一番，为的是要征服那些不肯安分的人，那些敢于反抗的人，那些不愿意被"主上所戏弄，倡优所畜"的人。

有诗为证：

> 天父和菩萨在神国开会相逢，
> 选定了沙漠的动物拿来借用；
> 于是米加勒高举火剑，爱普鲁拉着银弓：
> 一刹那便刀光血影，青天白日满地红！ [1]

红萝卜

最近我方才发见了一本小小说，题目是"被当作消遣品的男子"。单是这个题目就够了！

十二年前的五四运动前后，反对宗法社会的运动还是大逆不道的。不论当时的运动是多么混沌，多么幼稚，可是，战斗的激烈的对于一切腐败龌龊东西的痛恨，始终是值得敬重的。当时是女子要求解放。而现在？是男子甘心做消遣品了。十二三年来的"进步"真是大得不得了。这至少在城市的布尔阶级里面有这种情形。消遣品！这是多么高贵的头衔。高贵的人自然要格外的有礼貌，格外顾到绅士的身份，因此，咬牙切齿的"粗暴"的反抗精神应当排斥。一切颓废感伤，歇死替痫 [2] 的摩登态度，尤其是性神经衰弱等类的时髦病，应当"发扬而广大之"。至于宗法社会的毒菌，还在毒死成千成

---

[1] 这是《黄人之血》里的一段。

[2] 现作歇斯底里。

万的武侠神怪小说的读者群众，那可不关他们贵人的鸟事。这一类的黄金少年，自然是财神菩萨的子弟，至少也是梦想要做财神菩萨的小老板。对于这种寄生虫的攻击，暴露，讥刺……只嫌太温和了，太仁爱了，太"人道主义"了。这种文艺现在是太没有力量了。常常不是攻击，而是可怜这些可怜的寄生虫；而可怜往往会变成羡慕的。

对于这些"消遣品"，以及一切封建余孽和布尔阶级的意识，应当要暴露，攻击……，这是文化革命的许多重要任务之中的一个。在这个意义上说，五四运动的确有"没有完成的事业"，要在新的基础上去继续去彻底的完成。

然而是谁来完成呢？难道只是一种所谓"自由的智识阶级"？

当然不是的！这是"被压迫者苦难者"群众自己的文化革命。固然群众是有朋友的。这些"朋友"是离开财神菩萨的小布尔，这是真正反对一切财神菩萨的"智识阶级"。这是真正肯替群众服务的分子。

至于红萝卜，那可多谢多谢！红萝卜是什么？红萝卜是一种植物，外面的皮是红的，里面的肉是白的。它的皮的红，正是为着肉的白而红的。这就是说：表面做你的朋友，实际是你的敌人，这种敌人自然更加危险。

现在，"自由的智识阶级"自己出来报名，说要来继续完成"五四"之遗业。

好极了，欢迎之至。但是，第一，假使他们摆出"科学的"尊严面目，说无所谓有意识的替群众服务，而只有"客观的科学的独立的真理"，说"文学的最高目的，就在于消灭人类间一切的阶级隔阂"；第二，假使他们表现自己的"超然的清高的无党无偏的"态度，居然要做压迫者和被压迫者之间的"第三者"，说压迫者固然不准侵犯别人的言论出版自由，而被压迫者也不应当"侵犯"别人在思想上意识上来实行压迫的自由；第三，假使他们并不是来帮助群众斗争，并不在群众的立场上来检查种种可能的缺点和错误，来共同努力的纠正，在斗争的过程之中去锻炼出文化上的更锐利的武器，而是自己认为是群众之上的一种"阶级"，把群众的文化斗争一笔勾消，说这和封建余孽布尔阶级的文化现象同样也是些乌烟瘴气，说只有他们自己才能够开辟光明的道路——那么，他们究竟是群众的朋友，或是群众的老师，还是群众的敌人？究竟是不是红萝卜？！这的确要"且听下回分解"了！

"忏　悔"

听说有些财神菩萨的少爷忏悔起来了。忏悔了似乎也有这么三四个月。可是，日本帝国主义的几声大炮，就把这些忏悔的少爷耳朵都震聋了。现在，他们不再忏悔自己的罪过了，他们来要求工人和劳动者忏悔了。这些"下等人"有什么可忏悔的？据说：这些人的罪过是在于不懂得民族主义，是在于听了什么"邪说"忘记了祖国，所以应当忏悔。

财神少爷的耳朵，听不见非民族主义的反帝国主义的呼号和战斗。一则是因为他们听不进，二则是因为他们的老子，财神菩萨的法宝镇压着那些呼号和战斗。

固然，"下等"穷人的斗争还没有赶走日本帝国主义的军队，以及……然而，穷人用不着忏悔，穷人用得着的是挖心——挖掉"奴隶的心"，越挖得干净，斗争的胜利越有把握。

把自己的幸福完全抛弃，去给别人谋幸福。为了别人，甘愿把自己的性命牺牲掉，一点也不悔恨：这就是所谓奴隶的心罢。这颗心，我的祖先传给我的祖父，祖父传给我的父亲，父亲如今又传给我了，并不管我是不愿意要它。……这奴隶的心，我不要它。要到什么时候，我才可以去掉这奴隶的心呵！

——《小说月报》一九三一年十二月号，巴金：《奴隶的心》

一九三一年发现了这种"挖心文学"的萌芽，张天翼的《二十一个》

《面包线》，黑炎的《战线》……这些作品里面反映着"下等的"小丘八儿的改造，反映着他们的转变。自然，这都还不过是初步尝试的作品，都还是太片面的，非第亚力克谛的（non-dialectic，非辩证法的）。可是这已经是很大的进步。这至少已经不是空中楼阁，这能够反映一些现实的生活，——反映着"反财神"的斗争的某一方面。

不过，"奴隶的心"其实比圣人的心还复杂得多。如果圣人的心有七窍，那么，奴隶的心至少也有七十个窍。为什么？因为这又是财神的神通，财神的政治法律宗法教育风俗……以至于文艺的法宝，把穷人的心拗过来，弯过去，扯得长，拉得紧，四方八面戳了许许多多的洞，真正是"千锤百炼"，弄得个奇形怪状。事实上，没有巴金写的小说里那个主人翁说的那么简单。当你晓得要为自己"谋幸福"的时候，财神爷还会叫你的心变成另外一种的奴隶的心。

譬如说罢："自由的"小布尔的心，也是一种奴隶的心。而小布尔的心不但在一切种种穷人的肚子里有，就是在工人的肚子里也会有。小布尔要算是会自己谋自己个人的幸福的了。如果你着重在个人方面想，财神爷的仙法立刻又起作用：他马上念起咒来——"管你自己，管你自己。"这种咒语往往很灵验的。它叫你的奴隶的心，形式上变换一个样子，而奴隶的根性仍旧保存着。

现在实际生活里面，正在进行着极复杂的"奴隶的心"的消灭过程，这种小布尔的传染病菌，也在剧烈的斗争之中受着消毒剂的攻击和扑灭。

假使要说穷人也有什么罪过可以"忏悔"的话，那么，不是忏悔听了什么"邪说"忘记了祖国，而是忏悔挖奴隶的心挖得不干净。现在醒悟得多了，现在还要努力的去挖，挖掉一切种种奇形怪状的奴隶的心。

黑炎的《战线》里，描写一些兵士，也奉着北伐军政治部的命令，组织宣传队，特别去演说打倒军阀，这些兵的演说是："军阀就是×××，×××……其他就没有别的军阀了！"这固然是奴隶的心，固然值得"忏悔"，——如果这些兵现在还在人世间，他们一定正在忏悔。但是，譬如有一个兵说：

"我现在是当着二等兵,是怎样苦,我都告诉她了;并且她还倒在我身上哭!……她要爱我一百年!"……她希望他早些出发,将来打到上海的时候,这种没有饷发的丘八不要干了,最好到厂里去做工,不然拖黄包车也可以,那么,以后她便和母亲同到上海去……

这是什么?落拓的学生青年,常常会做着这样甜蜜的幻梦:将来找到相当的职业,不一定太阔,甚至于很清苦的,可是有一个爱人在怀里,有一个温暖的家庭……这种"理想",比较当工人当车夫的"理想"似乎不同些,似乎要细腻些,也许"将来的家庭"的书房里还要挂一盏古雅的画着花的电灯罩。可是实际上,这两个"理想"同样是小布尔的市侩式的理想。这其实也是一种奴隶的心。

奴隶的心的变化和消灭,是极端复杂的景象和过程。群众所需要的文艺,还应当更深刻些去反映,更紧张些去影响"挖心"的斗争。

反财神

财神菩萨统治着中国,他们说:谁的洋钱多,神通大,谁是主子。

但是,反抗着这些中外大小一切种种的财神,——可早就有了个反财神出现。反财神说:谁团结得紧干得彻底,谁是主子!

财神的神通大,财神指挥着洋枪洋炮,指使着种种式式的走狗,摆布着乱七八糟的白萝卜,红萝卜,蒙蔽着奴隶的心。

反财神难道就不会夺到那些洋枪洋炮,难道就不会打死那些阿猫阿狗,剖开那些白萝卜,红萝卜,挖掉那种奴隶的心?!

反财神是要冲破万重的压迫,喷出万丈的火焰,烧掉一切种种腐败龌龊的东西,肃清全宇宙的垃圾堆。这种火焰现在已经烧到了中国。这将要是几万万群众的火焰。

自然，从万重的压迫之下刚才抬起头来的人，也许力量还薄弱，也许支持不住而又倒下去。说这种反抗运动是"盛极而衰"，那只有脂油蒙着心的人。谁要是把脂油刮掉，真正把自己的心拿出来，交给中国的几万万群众，那他就知道新的文化革命的火焰不是"盛极而衰"，而是从地心里喷出来的火山。

地底下放射出来的光明，暂时虽然还很微弱，然而它的来源是没有穷尽的，它的将来是要完全改变地面上的景象的。这种光芒和火焰从地心里钻出来的时候，难免要经过好几次的尝试，试探自己的道路，锻炼自己的力量。

财神统治之下的上海，最近也居然发生了些新奇的"怪现象"：就是杨树浦、小沙渡的蓝衫团[1]。听说苏州也有了这类的东西。这些"怪现象"自然还是小焉者也。比起夺到了洋枪洋炮，赶跑财神菩萨的地方，这当然是小焉者也。可是这些蓝衫团是新式的草台班。中国内地本来有一种草台班戏子，逢年逢节，他们赶到财神庙去唱戏，——或者灵官庙土地庙，反正都是一样的变相财神，——这算是给一般农民群众的安慰。安慰农民群众一年做到头，弯腰驼背的榨出许多血汗，双手捧着奉送给地主绅士。绅士说：你们太辛苦了，我叫草台班来唱几天戏，给你们玩玩。这些草台班总是替财神做戏，恭维财神的。现在，那些蓝衫团的草台班，可不替财神唱戏，而且还要唱戏来反对财神。所以说是"怪现象"了。这些新式戏子到上海工人里去唱戏，将来还要到全国民众里去唱戏，而且一定要唱反财神的戏。

反财神的戏，当然不是一唱就好的。这些戏，例如《工场夜景》（袁殊），《活路》（适夷），都是真正要想指出一条活路来的，这条"活路"的开头，难免只是诉说没有活路的苦处。然而，至少这种诉苦是有前途的。这里因为诉苦而哭，也将要是学会不哭的第一步。而且还有一件事值得指出来：就是这些新式草台班的戏子，因为要唱戏给"下等人"听，而不是写小说给上等人看，所以开辟了"下等人国"的"国语"运动。这是中国文学革命（以及

---

[1] 工人和一些戏剧工作者组织的活报剧团，常在工厂区活动，配合革命斗争。

革命文学）的新纪元。可是，他们自己对于这一点，还没有有意识的去努力，因此，他们用的言语还难免混杂一些"上等人国"的"国语"。

照财神菩萨说起来，"下等人"自然就是强盗土匪，只会抢东西。下等人自己如果还抱着一颗奴隶的心，他也会说：

"他妈的，拼上一拼罢，左不过是一死！现成的放在那里，为什么不抢呢！……"

可是，下等人的长工，例如李塌鼻，王大保之类，真正挖掉了奴隶的心，真正知道要创造下等人自己的国家，他们说：

蠢东西！真是杂种！你们要抢些什么！老子是不抢的，老子们又不是叫化，又不是流氓……不是抢，是拿回我们的心血，告诉你，杂种，只要是谷子，都是我们的血汗换来的。我们只要我们自己的东西，那是我们自己呀！……

——丁玲：《水》

小白龙

财神菩萨对于真正的强盗土匪并不怕，对于叫化流氓更不怕。真正"可怕"的是反财神——是知道拿回自己心血的群众。

至于对付强盗土匪叫化流氓——财神菩萨的法宝多着呢。

自从日本财神的洋枪洋炮在满洲乒乒乓乓大干起来之后，自从中国的五路财神，互相竞争着表现镇静不抵抗的神通以来，强盗土匪就大交其运。原来中国的财神借着强盗土匪的声名，还可以更加巧妙的宣传不抵抗主义。东三省的著名胡匪头子小白龙，于是乎也和马占山一样的出风头了。

小白龙道：

> 我们是安分良民，不知道的总说我们是强盗土匪。我们给官军打败了还好，万一官军给我们打败，被那些鬼子听了去，说中国的土匪如此厉害，中国的官兵如此没用——岂不成了笑话！所以我不愿意打败仗，也不愿意打胜仗，只好马上就走。……
>
> ——《关东豪侠传》——震华书局出版

小白龙等类的土匪，可以被这些礼拜六派的武侠小说大家描写得如此之"深明大义"，如此之民族主义，如此之爱国主义，如此之国家主义，如此之马鹿[1]……如此之对内不抵抗主义，——而对内不抵抗始终要变成对外不抵抗的。这并不是小说家的罪恶。这是小白龙等类，根本就不反对财神主义和财神制度。因此，财神和土匪之间，虽然有许多表面上的抢夺，骨子里是有一个共同之点的：就是保护财神主义的基础。所以武侠小说家能够这样描写，而且描写得这样巧妙。

现在对于小白龙、老北风、盖三省……的崇拜，很自然很顺便的和最近几年流行的武侠小说联贯起来。这些小说和连环图画，很广泛的传播到大街小巷轮船火车上。那些没有"高贵的"智识而稍微认识一些字的"普通人"，只有这种小说可以看，只有这种戏可以听，这就是他们的"文艺生活"。平常这一类的小说的题材虽然单调，可是种类和份数都很多的，什么武侠什么神怪，什么侦探什么言情，什么历史什么家庭。……这些东西在各方面去"形成"普通人的宇宙观和人生观。现在满洲事变之后，所谓"抗日文艺"，也还是这一类的小说家做得又多又快。这些所谓小说家……一切种种的艺术家，也是财神菩萨的走狗。千万不要看轻它们。它们虽然土头土脑，没有洋狗的排场，不一定吃牛肉，不一定到跑狗场去赛跑。它们就算是吃屎的癞皮

---

[1] 日语，笨蛋。

黄狗，可是到处都在钻来钻去，穷乡僻壤没有一处不见它们的狗脚爪的。它们很忠心的保护着财神菩萨。

而且在文字技术上，它们往往比较的高明，它们会运用下等人的容易懂得的话。它们虽然不用下等人自己的话，它们可会用草台班上说白的腔调，来勾引下等人，使下等人抛弃自己的言语，而相信只有那种恶劣的清朝测字先生的死鬼的掉文腔调方才可以"做文章"。它们利用这种几百万人习惯的惰性，能够广泛的散布财神菩萨的迷魂汤。这决不是第二等的问题！

先进的资本主义国家里，也有这一类的东西，所谓"马路文学"（Litérature des boulevards）[1]。不过，那里的马路文学已经没有文字上的优越的武器。中国的民众，可在一般的文化上，在最具体的文字言语问题上，也受着封建余孽，——古文言和新文言的压迫。"不入虎穴，焉得虎子。"——这是现在对付中国的马路文学的方针。

> 我们必须承认：在反对文学上的阶级敌人的斗争里面，我们主要的注意只集中在"好的"作品。这没有疑问的是一个错误，因为那些无名的反动意识的代表所出版的几百万本的群众读物，实际上却是最危险的毒菌，散布着毒害和蒙蔽群众意识的传染病。在这个战线上，必须要最紧张的工作。
>
> ——德国文学家皮哈的演说

二十世纪的初年，欧美就发生过"Christ（基督）还是 Anti Christ（反基督）"的斗争。

现在的中国，是个"财神（Tsaishen）还是反财神（Anti Tsaishen）"的斗争。

一九三二，一，十五。

---

[1] 19 世纪中期流行于法国的一类文学，马路指的是巴黎的街道，当时有一些作家常在街边的酒吧寻欢作乐，并进行文学活动。

新英雄

此次上海事变，中国之新英雄蔡廷锴，恰与北方英雄马占山，遥遥相对，实为不可多得之将才。

——大阪《朝日新闻》

"不可多得之将才"

新英雄有两种：一种是括弧以内的——"新英雄"，这是所谓"新英雄"，而其实是……；另外一种是括弧以外的——新英雄，那就老老实实是新英雄。

英雄而一定要钻到括弧里面去，这当然是很别致的，咱们就先来谈谈这种别致的括弧以内的"新英雄"罢。

首先就要说到"不可多得之将才"。

满洲的日本大炮，轰隆轰隆的响了几下，立刻，那些"大可多得之将才"一溜烟的逃之夭夭。兵工厂，铁路，八万条金条，几千万里的土地，几千百万的民众，……都送得干干净净。这固然也很好，天皇陛下笑了。但是，中国的劳动民众可因此激动起来，捣乱，骚动，反动。于是马占山将军出现。他不但不不抵抗，而且恰好在黑龙江抵抗。"抵抗"一下，爱国将军的头衔到手了，小兵都又信仰他了；"抵抗"两下，全国的捐款汇到了哈尔滨了，民众都定心起来，希望马占山将军等类的"将才"多出几个，民众自己可以不动手了；"抵抗"三下，日本军队开到了，包围了中东铁路，趁势一直进攻到满洲里等等俄国边境那里去了；"抵抗"四下，黑龙江省长的地盘到手了；"抵抗"五下，特任"满洲独立国"的军政部长的上谕到了，"开国元勋"做定了……呜呼，"抵抗"之功大矣哉！虽欲不谓之"不可多得之将才"而不可得也。因此，这样大的"将才"，自然是日本的新英雄了。而且据说马占山将军的投降，也是为着"徐图反正"的，那就更神妙了。

可是马占山这类的将才虽然不可多得，却还有个和他遥遥相对的蔡廷锴，以及诸如此类的"新英雄"。

上海战争之中，小丘八的勇敢牺牲，民众的热烈反对帝国主义的斗争，实在叫普通的绅商大人急得没有办法，一定又要几个"不可多得之将才"来对付一下。

于是乎这种将才就出现了。这种将才的了不得的本领在什么地方呢？

第一，他会"抵抗"，所以有办法对付小兵儿，他说：我是爱国将军，你们要听我的命令；因此，也有办法对付劳动民众，他说：我是爱国将军，我要解散你们的"非法"义勇军和反日会，禁止你们的示威，游行，罢工，集会，命令你们的慰劳队去掘壕沟，抬尸首，省得啰哩啰嗦的"摇乱军心"。

第二，他会休战，会爱和平：一月二十八日晚上打起，打到三月一日晚上退出上海，总共一个月零几天，倒休战了三次。第一次，正是日本陆战队打败之后要等陆军来；第二次，正是日本大批陆军到了吴淞口，要一个从容登岸的时机；第三次，正是日本撤换总司令，要有点儿时间办交代。中国的官长总指挥大人"仁爱为怀"，每次都听从英美法领事的提议而实行休战。

第三，请看《申报》的第一次报告罢："我军为尊重条约，下令不得冲过租界，否则托庇租界之敌，昨晚当可得一总解决。"（《申报》二月二十三日）这是《申报》泄露了一次军机！其实，这种情形决不止一次。不然，一连三十多天的"我军沉着应战，阵线不动"，岂不是比神话还难懂吗？问题就在于"英雄"的本领——能够保存虹口日本军队的大本营，借敌军的炮火，来轰打不肯奉命退却的小丘八，好个包打败仗的将才！

第四，他会宣言"日本一日不罢兵，外交一日不胜利，则我国一日不停止武力抗拒"；而过不了几天，又会发通令说："倘日军不向我攻击，吾军亦不向彼攻击……仰各将士一体遵照。"（这时候，正是日本军队快要到昆山了，大概这就算"日本罢兵，外交胜利"了！）退兵的命令发了三次，最后，还是亲信部队的机关枪起了作用，于是可以发出"各将士一体遵照"的第二道通令。这真是善于退却的将才！

第五，他会申明退却到第二道防线，而且还是"战略上的退却"，同时又说："中国军队已退至远过于二十公里之地，即已倍于以保全公共租界自任者之要求"；说句痛快话：所谓"战略上的退却"就等于日本最后通牒所要求的退却，而且还要倍一倍。这真是善于外交辞令的将才！

第六，他会解释打仗的理由说："上海本非战场之地，然其所以在上海开始军事行动者，无非欲转移国际间之舆论，而使世界得一公平之真理而已；现在国际空气既在我军作战后已转移，则我之目的已达。"原来在上海打仗和不打仗的理由是这么一回事。戏台上的武生会翻跟斗，也可以使看戏的人大声喝彩。现在上海的"不可多得之将才"借着小兵儿的血肉打了几仗，于是乎国际联盟就先喝了几声彩（日本也喝了彩的呢），然后决议命令中国停战。而上海的"新英雄"就立刻认为"目的已达"，通令"各将士一体遵照"了。

总而言之，这些"不可多得之将才"，能够为着要国联来叫他们不要打仗而打仗，总算用了"抵抗"的手段实行了不抵抗的主义。难道还不是"新英雄"吗，难道不是国际联盟的"新英雄"吗……aaaaa[1]？！

一九三二，三，一○。

---

[1] 读着最后一个"吗"字，应当拖着极长的声音，把你的身子晃这么七八晃，如果你有尾巴的话，那更可以多摇几摇。——作者注

拉块司令[1]

其实，中国的"新英雄"多着呢。

譬如说罢，拉块拉块的江北人，居然也和阿拉阿拉的宁波人一样，出了一批人才，也有所谓江北司令部。上海闸北地方，自从日本资本家的军队占领之后，招了一批江北人，替他们当汉奸。当然，一般的江北苦力和工人一定是不会去的，因为干这一类的把戏，先要有点儿流氓的线索和手段。"江北司令"的官儿，虽然只有芝麻般大，然而始终是个天皇陛下的官儿，没有门路是做不到的。就是阿拉司令[2]之下，官儿虽然多，也没有轮到每一个宁波人，到如今，宁波还有好几十万种田的做工的老百姓。拉块司令部的情形也是这样。简单些说，就是这些拉块拉块的汉奸，人数是有限的，他们一样雇着不是江北人的小脚蟹，居然在闸北成立了些江北司令部。他们帮着日本资本家检查中国人，捉拿中国人，说不定还要做死几个穷苦小百姓，因为他们是拿不出钱来赎命的。

这些拉块司令居然坐堂审犯人，为头的，听说还戴着墨晶眼镜，耀武扬威的坐在椅子上，把惊堂板一拍，喝一声："供上来！老子问你为什么搬家？你不是反日分子，就用不着虚心逃走。现在只有反动地方的反动分子，听见官兵来要吓得逃命，忠实信徒是不逃的。快些，供上来，谁教你逃走的？"等等。黑眼镜，惊堂板……俨然也是"新英雄"了。

可怜，这些小汉奸太不老练，还要戴着黑眼镜，似乎有些怕羞呢。至于

---

[1] "一·二八"事变后，十九路军退到第二道防线，日军指示汉奸在闸北组织"江北司令部"，为首的胡立夫是江北人，在江北话里，"拉块"是"哪里"的意思，这里代指胡立夫等人。

[2] 指蒋介石，浙江一些地区的方言里"阿拉"指"我"，这里用蒋的家乡方言来指代他。

老练的"新英雄"是不戴墨晶眼镜的。谁见过阿拉司令戴过黑眼镜？谁见过党纪先生[1]戴过黑眼镜？宝山路屠杀案的主犯游伯麓，广州永汉路屠杀案的杜煊泰，南京珍珠桥屠杀案的……以至于现在洛阳广寒宫[2]的一切一切，都是没有戴黑眼镜的。

所以道地的"新英雄"还不是拉块司令，而是那些大人物。

他们会说："长期抵抗，全国计划，"然后再说："并非不派救兵来守上海，实在因为中国地方太大，交通不便，所以救兵来不了。"他们会说："讨伐伪国，不承认日本侵略的满洲国，"然后再说："派兵到山海关去，那是表示不爱和平了，况且中国早已承认国联的调解，所以满洲事件完全要等国联调查团去查明事实真相再说，现在是讨伐不得的。"他们会说"恢复中俄邦交"去吓吓列强，然后再来否认，这样已经三四次了；而事实上双手奉送满蒙给日本，至少已经有了半年，也许还有半年一年，这时期，足够日本在军事上交通上政治上经济上外交上去准备进攻苏联了。他们会说："对外一致努力御侮，"可是，立刻接着说："绥靖剿匪是肃清后方，"一切动员的军队和运输的军火，都是去"剿匪"的，并没有半个兵半颗子弹是真正用来"御侮"的；而且这些"新英雄"互相之间还正在勾心斗角的排挤着，倾轧着，准备着混战。……最后，这些"新英雄"居然还会说出："我们不注重在一时军事的成败，或国民愤慨的意识，"接着还要请外国资本家到闸北去，"一观残毁遗迹及战壕情状……诚有英国文豪麦考莱名诗所描写之精神矣！"不管民众的愤慨，不管战争的失败，而特别命令退兵，以便外国大诗人来对着闸北大做其洋诗，这还要公开的说出来，——真要算"英雄本色"了！

三，一三。

---

[1] 指吴稚晖。

[2] "一·二八"事变后，南京国民党政府宣布要搬到洛阳办公。

小诸葛

括弧以内的"新英雄"和括弧以外的新英雄之间，还有另外一种的新英雄。这就是小诸葛。

读者诸君千万不要缠错了：这小诸葛并非大诸葛。大诸葛是老实不客气认为四万万阿斗都是糊涂昏蛋，所以国家的事权非得完全交给他大诸葛管理不可，这叫做实行"民权"。总而言之，大诸葛是治人的君子，当朝的宰相。而小诸葛可不同。所以诸位千万别夹二缠的把牛头去对马嘴，那是罪过的。

小诸葛的特色，就在他那个"小"字。这是"小"资产阶级的"小"，也就是"小"老婆的"小"。他是随处做人家的小老婆的：或者做括弧以内的"新英雄"的"小"，或者做括弧以外的新英雄的"小"。可是首先要附带声明的是：小诸葛只是小资产阶级之中的一部分，而且是很小的一部分。那些老虎灶 [1] 的老板，卖花生米的小贩，自己耕田的乡下人，以至于开小铺子的小店东……还有所谓自由职业的医生律师教员小官儿，还有倒运的工程师技师等等等等，数不清的种种式式的人，都是小资产阶级，可是，他们都不是小诸葛。因此，他们之中有些人也不一定要做人家的"小"，也够得上括弧以外的新英雄的资格，有些人却老实不客气自己愿意去做括弧以内的"新英雄"。独有小诸葛却有点儿别致。

小诸葛的特色，所以还要到"诸葛"两个字里去找一找。"诸葛"是大诸葛的贵姓，那么，小诸葛既然是大诸葛的本家，他和大诸葛总有点相同的地方了。原来诸葛亮不但是汉朝的宰相，而且还是读书人——中国式的

---

[1] 上海人称卖开水的摊子为老虎灶。

读书人。现在的诸葛，大的当着了宰相，而小的只是读书人罢了。他就只是读书人，仅仅是读书人。他虽然"躬耕"，可是谁也没有看见他拿过锄头；他虽然会造什么"木牛流马"，可是谁也没有看见他拿过斧头。他只爱拿一把鹅毛扇。他自命为智识阶级，其实又没有什么实际智识。他没有任何一种技能，然而他又是"万能"的。不错，他识得几千个汉字，可是又是"不求甚解"的。他没有职业，也不要职业。他不知道绅商，工农，苦力，流氓，三教九流，一切军民人等的生活，甚至于不知道自己的生活。他迷恋着"神秘之街"，虽则有时候要住在亭子间。他吃饭，并且吃面包，但是他认不出那是稻，那是麦。总之，他什么也不是，可又什么都是。他只爱当军师。

孟夫子说："人之患，在好为人师。"这就是小诸葛了。可怜的是："好为人师"，而又"为"不了"人师"。这种吊儿郎当的浮萍式的高等无业师爷，已经是够"英雄"的了，再加上一个欧化的头衔，自然是新鲜而别致得很了。中国最近三十年来，总算是"天开洪运"，出产了这么一层的智识阶级的"多余的人"。

这些小诸葛，一出学校的门坎，就这么晃来晃去的。坏的呢，挑选了委员主席等类的职业，似乎有些儿象军师。再不然，三个诸葛亮，凑成一个臭皮匠，扮出一些红萝卜的把戏——里面是白色，外面是红色，向大诸葛上上条陈，向小阿斗吹吹牛皮。好些呢，居然要革命，但是又要恋爱，闹得革命先生和恋爱小姐打了三年零六个月的无头官司。这些"多余的人"实在是"多余的"；上海的战争和到处的打仗，更加显得他们是多余的了。读者诸君还有闲工夫的话，请自己去看这些小诸葛的自传罢，——那就是百分之八十的五四式的新文艺，我可没有工夫奉陪了。

一九三二，三，一五。

老虎皮

记得还是十年前，北京《晨报》上发表了一篇冰心的小说 [1]，她说：那些披着"老虎皮"的兵士和警察其实也是人呢，他们一样的有一颗人的心，一样的有爸爸，有妈妈，甚至于有娘子……为什么大家对他们这样痛恨？

那时候，正是"打倒军阀"的口号流行了不久。的确，一些资产阶级的政客造作了些"有枪阶级"的名称，把一切小兵都当"军阀"看待。这样的观念居然传播得很广，胡里胡涂的影响了很多的人。这是很能够引动一般市侩的"学说"。那些主张"文人政治"的政客，自己勾结着真正的军阀，却来散布这种厌恶痛恨小丘八的情绪——这是多么无耻和下贱呵。固然，冰心那种自由主义的伤感的口气，证明她自己也只是一个市侩。然而对于兵，对于战争的态度，她总算提出了新的问题。

披着老虎皮的小丘八也是人，而且正是被帝国主义和中国的绅商剥削得走投无路的人！他们是种过田的，做过工的，他们对于战争的态度是清清楚楚的：为着吃饭所以来打仗的，所以来当兵！

十个年头过去了。世界上的事情经过了多么大的变化！当兵和打仗，虽然仍旧是他们的家常便饭，然而，他们那颗"人的心"里面，经过了多少次的希望，失望，绝望……新的幻想，新的兴奋，以至于新的死亡，——这是说那颗"心"的死亡呀！谁知道这些呢？谁知道他们之中已经有了最后的警醒了的人呢？

这是受过了几十次的欺骗，几十次的糟蹋的人，最后，他们回到了老家，回到了工农的队伍里面，他们那颗死过不止一次的心，完全复活了！这

---

[1] 指冰心的《到青龙桥去》。

些"强横霸道下流作恶"的披着老虎皮的人，现在对于绅商大人才真正是可怕的家伙了。

但是，除出张天翼的《二十一个》等等，谁敢反映实际生活里的这种变化呢？谁敢彻底的表现这种新的对于当兵打仗的态度呢？就是张天翼也还没敢想到底。至于新文艺之中的其他"战争小说"，那么，除出鼓吹屠杀中国和国际工农的以外，从孙席珍的《战场上》直到黑炎的《战线》，都只不过是市侩主义的背面。这里，只有厌恶战争，只有婆婆妈妈的和平主义，只有些安居乐业的"理想"。几乎没有逃出冰心的范围。至多，只有"为着不要打仗而反对军阀"的态度是反映出来的。固然，什么北伐，什么西征……的军阀混战，一切种种的欺骗，出卖，首先引起了兵士群众的这一种态度。但是，事实上中国早已有了另外一种的战争，以至于另外一种的丘八——甚至于连老虎皮都没有得披的。

假使中国只有梦想着安居乐业的所谓反对混战的丘八，那么，中国真的一个英雄也没有了。而实际生活恰好相反：中国已经有了"为着反对军阀而打仗"的丘八。最近，还出现了"为着要打仗而反对军阀"的丘八。

要知道，上海战争之中的真正英雄——括弧以外的新英雄，正是这些"为着要打仗而反对军阀"的丘八，正是这些披着老虎皮的穷人。

固然，他们还不是那些为着反对军阀而打仗的丘八，他们的那颗心还没有完全复活，然而，他们的心已经开始复活，他们已经不但为着不愿意参加军阀混战，不愿意替军阀去屠杀民众而反对军阀，他们并且为着反对帝国主义，为着要去打日本帝国主义的军队，而反对军阀。他们从这一点出发，迟早也要走到为着反对军阀而打仗的道路，——很快的，反对帝国主义的打仗和反对军阀的打仗会要混合起来而分不清楚的。

这样，上海一个月的战争，是小丘八打的。他们死在战场上，他们死在日本资本家的枪炮炸弹底下，——而这些日本的枪炮炸弹，正是中国的军阀——也就是这些小丘八的长官所竭力保存在租界里的。他们几十次的冲锋，要冲到租界上去消灭日本军队的大本营，但是，不但他们的前面有日本的大炮机关枪，而且他们的后面，还有"不可多得之将才"的严厉禁止的命令，这些命令是根据于英美法帝国主义的"神圣的"不平等条约的。他们就这样死在前后的夹攻之中。他们可真正是空前英勇的打仗，直到前后夹攻的结果，在两方面的亲信部队的机关枪的火线底下，被威迫着而退却下去。伤兵医院里得到了这个消息，——那个真正是"鬼哭神嚎"的悲愤的声浪，可以惊醒死人的长梦！又是一次欺骗，又是一次伟大的失望，这还不是最后一次哪！救兵是绝对没有的，长官是存心要打败的，三四万人要抵抗十万的帝国主义军队，要抵抗最新式的武器，——就只他们自己，没有领导的，违背着长官的心愿，用血肉抵住了两方面的炮弹和命令……这样的一个月的艰苦的战斗。这才是真正的群众的新英雄。

自然，问题不在于他们穿着老虎皮，而在于他们是穷人。上海的穷人都真心的帮助他们。虹口的六十几个海员曾经解决日本的一大队，空手夺到几架机关枪，还有浦东的工人……嘉定的农民……如果不是"不可多得之将才"的严厉的禁止和解散，胜利究竟是谁的呢？！

一九三二，三，一八。

"匪　徒"

中国真正彻底的新英雄——括弧以外的新英雄——却是所谓"匪徒"。

他们是另外一种丘八，他们不是单纯的丘八，他们并非工农以外的另外有一种所谓"丘八职业"的人，他们只不过是拿着了武器的工农。他们曾经反对过打仗，因此而反对军阀，他们更进一步的知道要反对军阀还必须和军阀打仗，他们知道要把军阀打干净方才是真正的反对军阀，他们知道要真正的打帝国主义，同时必须打掉军阀。单单反对军阀的不肯和帝国主义打仗，还是不够的。一定要掉过枪头去打军阀，然后能够真正的去打帝国主义。然后能够真正打胜帝国主义。因此，他们之中也就有掉过枪头的丘八。他们的当兵和打仗，才是完全的新的态度，他们不是为着个人的饭碗，他们是为着中国民众自己的政权，他们是为着一个新的社会制度。

正因为这样，他们得着了"匪徒"的头衔。中国的大诸葛用飞机炸弹毒瓦斯，中国的小诸葛用谣言诬蔑迷魂汤，争先恐后的向他们进攻。中国自己的绅商大人扑灭不了他们，帝国主义的资产阶级很远的调着兵，运着炮火来剿办他们。中国的绅商大人原是帝国主义的奴才，看见帝国主义这样亲自动手，似乎觉得自己的奴才饭碗有点儿靠不住了，所以更加出力的调动了大小喽罗去打他们。他们——所谓"匪徒"是在四面的包围之中。

假定没有这个四面包围的铜墙铁壁，那么，这些真正彻底的群众的新英雄，早就和开进中国的日本资产阶级的军队打起仗来，早就把中国境内的一切帝国主义军队都赶出去了。因为中国只有他们是真正反帝国主义的力量。因为有打仗经验的人不是说吗：开到上海来的日本帝国主义军队，都比那些"匪徒"容易打得多。

但是正因为这样，正因为他们将要领导起最广大的群众去打胜日本资产阶级，打掉一切帝国主义，所以中国的绅商格外要围困他们，格外要想杀尽他们，格外要诬蔑他们。这是何等大的"不共戴天之仇"呵！

中国的绅商说；这些"匪徒"是在破坏反日战争的后方！这是多么无耻。中国的绅商根本就没有反日的战争，日本资产阶级派到满洲和上海的军队，恰好是替中国绅商巩固后方的，因为中国绅商的前线是在"剿匪"的那一边。如果不然的话，为什么半年以来没有一个兵派到山海关以外去？为什么上海的战争要强迫停止？为什么一切动员的军队和运输的军火正在不断的向着所谓"匪区"前进？！

那些"匪徒"是不怕这一套的。他们虽然用着最旧式的武器，甚至于没有武器，他们虽然饿着冻着，他们虽然"没有教育"——然而他们学会了新兴阶级的战斗的精神，他们学会了组织和团结，有规划的整顿自己的队伍，有系统的进行自己的战斗，他们能够夺到军阀的武器，能够夺到军阀部下的丘八军心。他们将来，一样能够夺到帝国主义军队的武器和兵士。最近，上海不是有九百多日本兵因为"思想不稳"而被遣送回国吗？锦州不是有三百多日本兵拒绝打仗而被杀吗？……基础是已经有的了。是的，只有他们——这些所谓"匪徒"，能够打胜帝国主义，能够解放中国，能够创造真正几万万民众自己的中国！他们英勇的战斗已经很久了，他们的最后的胜利是有保障的。这是中国真正群众的彻底的新英雄！

英雄的言语

英雄的确是和普通人不同的，尤其是括弧以内的"英雄"。

中国的所谓"英雄"，为着要民众不懂得他们互相之间的秘密谈话起见，特别制造了一种最高等流氓的"江湖切口"，用稀奇古怪的象形字写出来，写得象鬼画符似的，读出来象道士念咒似的。这种符咒就是所谓古文文言——这是绅商的言语文字。最近发现了"新英雄"的一张符咒，请看罢：

洛阳国民政府，军事委员会钧鉴。自淞沪戍军撤防而后，中央为惩前毖后之计，知已续遣援军，相机规复。唯各军到达以后，名位相埒。……万一临敌。号令不专，必转以迟滞偾事。唐九节度之师，溃于相州。而淮西之役，卒收功于裴度之亲出视师。……如再迟疑观望，则援军虽多，适为敌饵。……必致偾事失地，使民众绝望于国家，以为国家弃我如遗。古人所谓北走胡，南则越者，必将实现。……上海市商会叩阳。

南京蒋介石委员长钧鉴……钧座昔以陆秀夫文天祥自勉，属会则欲以澶渊之寇莱公自励，当仁不让，斯为大勇。……上海市商会叩阳。

上海市商会岂不是"新英雄"吗！他这一大套古典，七颠八倒的古奥的字句，算是会讲秘密话的了，（虽然拿古文的标准来看，这实在还是半通不通的文章！）直截痛快的替他翻译出来，他是说：如果没有总司令，那么，即使派救兵，越多越要吃败仗，倒不如不派的好；可是，这样民众又要走极端，所以我们请蒋大人出山，再做总司令，统一军事指挥，装出一副要打的神气，这是顶好的办法。原来是这么一套把戏，借个好名目来捧一捧那位大人，难怪不好直说，而要绕着弯子哼哼唧唧的念出这两篇古文来。民众不懂他哼些什么，而受他捧的那位大人可懂得。古文的用处是这样。这可以算"新英雄"的一种言语。

但是，中国的绅商，对着民众他是大人老爷，对着洋大人，他却是西崽。西崽念古文，洋大人是懂不了的，连他自己也说不清楚的。因此，必须另外有一种言语。这就是用中国的文言，扣着欧洲的文法，制造出一种西崽之间的"切口"。这可以叫做时文的文言。请看罢：

> 中国军队，不驻租界附近，业逾一星期以上。乃撤退二十公里后，仍不能隔离中日军队使不相接触。此中责任，诸君明达，当能见及。（外交次长宴请外国记者之演辞。）

这种话，民众也是懂不了的。况且，当时他们对民众说的是："为着战略上的关系，退到第二道防线上去再打"；而这里对外国记者说的是：中国接受了日本的最后通牒，自动退兵二十公里，目的是在不再接触，而日本还是追过来，所以要请外国记者说几句公道话。这两方面的话是牛头不对马嘴的，民众看了自然更加不懂了。时文的用处是这样。这也可以算"新英雄"的一种言语。

至于欧化小诸葛，也有各种各样的"新英雄"。据说，他们是说的白话，其实，那所谓"白话"既然并不是真正的白话，又已经算不上文言，不是活人说的话，也不是死人说过的话，而是非驴非马的骡子话。说着这种话去当绅商大人的小老婆，或者住"小房子"，倒很时髦的。比如山东狗肉将军[1]讨

---

[1] 指张宗昌。

一位苏州姨太太，说着一口的苏白，听起来的确"别有风味"，骨头都要酥呢。但是，要用这种骡子话去替革命服务，那可有点儿"隔靴搔痒"。这种"新英雄"的话多得很呢，举几个例子来看看罢：

（一）"中国的统一，中国的资本主义化，南京政权之强化，是她（苏俄）所最怕的；再明白地说，她是需要中国 Russianized（俄国化），而不是 Americanized（美国化）。"（胡秋原）

——这是绅商的小老婆的话。

（二）"以政友会犬养内阁做着中心的第六十议会，是意味着日本法西斯战线的一步前进，同时，更意味着日本资本主义的动摇死灭的一步前进。"（绛克）

——这是革命骡子的话。

大概这些小诸葛式的各种"英雄"，自己以为一定要和普通人不同，所以写着这种"不同于流俗"的骡子话——叫民众没有懂得的可能。

固然，真正的民众的英雄，和市侩是不同的。他们不能够学着戏台上的"通俗"说白去对民众讲："我看革命为好，不知你老兄意下何如？"然而，真正的民众的新英雄，他们的话是普通、明了、干脆。譬如：

真正的民众政权，就是民众自己的代表会议的政府。不准地主资本家选举代表。什么普通选举的国民会议，什么取消党治的人权主义……都是骗人的鬼话！

一九三二，三，二〇。

满洲的《毁灭》

　　法捷耶夫的《毁灭》居然在中国出现了。而中文的译本，至少在译得正确这一方面说，的确是"决不欺骗读者"的。中国的读者读了这部充满着热血的小说——这部"新人"的故事，应当有什么样的感想？尤其是在这日本财阀蹂躏着满洲的时候？尤其是在这法国"民治主义"的军队开进云南广西的时候？尤其是在这英美法日德的瓜分中国研究委员会的要来到中国调查的时候？

　　《毁灭》的第一句就说：莱奋生拖着日本的指挥刀，铿锵的响着。为什么指挥刀是日本的？

　　《毁灭》所写的是俄国国内战争中的东海滨省。海参崴，伯力，黑河，赤塔……这些都正是中国人很熟悉的地名。一九一八到一九二〇年，这里曾经是日本帝国主义的占领地。美国的"和平总统"威尔逊，当然也十分出力的参加了这个占领屠杀的"功业"。白党，反动的哥萨克军队，一切种种自由主义和改良主义的政客，帝制主义的军阀……他们在这里"为着民族而剿赤"，据说是要扑灭杀人放火的布尔塞维克。自然，他们一定还要说是为着民治，为着人权，甚至于"为着社会主义"！然而，谁都明白：他们不过是日本美国……帝国主义的猎狗。

　　莱奋生的游击队，就是猎狗和他们的主人要剿灭的赤匪。当时，这样的赤匪实在多得很，莱奋生的队伍不过是其中之一。这些队伍勇猛的斗争着，"为着新的生活去死，为着建设去破坏"——破坏资产阶级，破坏资产阶级地主资产阶级的压榨制度，破坏白党，破坏日本帝国主义的占领。莱奋生的队伍，在这样的战斗中间，抢着一把日本的指挥刀，这是很小的一件事。

自然，对于中国的"民族"——这已经是一件大得了不得的事：违背了"咱们民族"的无抵抗主义，"胆敢抢夺武器，理应开枪轰杀"。

日本帝国主义和中国的绅商"民族"，的确是同文同种。他们到西伯利亚去，的确也是为着要轰杀"赤匪"而去的。他们指挥着白党，供给着白党，他们自己开动着机关枪……轰轰轰，杀杀杀！

莱奋生的队伍，就在这种轰杀之中"毁灭"了。

然而没有毁灭的还多着呢！

最后结账起来，看一看：现在的西伯利亚，现在的东海滨省是谁的？根本毁灭的，始终还是日本帝国主义和白党的势力。

为什么？法捷耶夫的《毁灭》会给你答覆。

首先是因为有苏维埃……最后是因为坚决英勇的群众的斗争之中锻炼出新式的人物。这种新人，克服一切旧社会给他的遗传。自己和自己奋斗，严厉的肃清各种各色的颓废，消沉，留恋，自私，虚荣，麻木……谁领导着这种奋斗？是矿工，是雇农，尤其是大工业的工厂工人。是的，劳动民众在无产阶级领导之下，去改造世界，去消灭敌人，这种巨大的战斗之中，他们同时改造着自己。只有不能够改造的，要跟着敌人毁灭。所毁灭的，当然不是西伯利亚森林里的枯骨，而是猥琐的卑鄙的动摇的人格——小资产阶级的气质。小资产阶级的"英雄"固然也会激昂，也会慷慨，甚至于会革命得发狂。可是，没有群众的锻炼，没有普洛（无产阶级）的领导，这种路数的"人物"，会突然间的堕落，绝望……叛变。哼！难道真是突然间的吗？！这些社会的碎片，历史的渣滓，始终是要完全的真正的毁灭，——和猎狗，猎人一样。

莱奋生等类的新的坚强的良善的人，领导着这种巨大的战斗，始终肃清了从伊尔库茨克到海参崴的日本帝国主义的军队，——打退了十四国的联军，消灭了数不清的白党将军……这正因为在群众的斗争之中，克服着一切种种的卑鄙动摇猥琐的人物，而产生着几千几万几十万的莱奋生。

中国的"莱奋生"已经产生，还在产生着……中国的猎狗可还厉害得很，虽然它们的命运已经开始崩溃。而且，中国——满洲等，这一大片的地方（是一个国家吗？），有种种的猎狗和种种的猎人，它们之间的关系复杂得很。这些猎人和猎狗，互相抢着打猎的围场，抢着"飞禽走兽"。是会有那种小鹿儿，小猪儿，小兔子，居然相信一些猎狗是为着鹿儿，猪儿，兔子的"国家民族"而奋斗呢！自然，猎狗自己拼命的鼓吹着，想叫几万万并非蠢如鹿豕媚如兔子的人都来相信。他们吹着什么？——牛屄！然而这几万万人是在战斗着，是在改造着，他们要成为新的坚强的人，他们是顶天立地的人，不能够"蠢如鹿豕"，不能够"媚如兔子"！我们：

> 要有满洲的《毁灭》！毁灭的可并不是满洲，而是一切种种的猎人，一切种种的猎狗！只要看看中国这片土地上，已经有过这里那里的毁灭，可是"莱奋生"旗帜的飘荡正在开展着全中国的《毁灭》。夺尽指挥刀，掉转机关枪，冲锋罢，看究竟是谁的毁灭！

一九三一，十二，十七。

更正：这篇文章已经做完了，忽然看见桌子上的报纸，它把"马占山将军的通电"几个金光灿烂的字送进我的眼帘，再细细的看一看，原来马将军的通电有几句这样的至理名言："奴耕婢织，各称其职，为国杀贼，职在军人。"我受着这几句话的感动，特别申明：把这篇文章里的"飞禽走兽"四个字改成"耕奴织婢"；并且恭恭敬敬的向马将军表示奴性的敬礼！

《铁流》在巴黎

中国的"铁流"从一九二七年就流起……

不，这里是说绥拉菲摩维支的一本小说《铁流》——有完全的注解和序文的中文译本。这可直到最近才出版[1]。

关于这个《铁流》，却有一些"海外奇谈"。

因为日本占领满洲，"研究日本"忽然的成了最时髦的工作……可是，"大伸国际公义"的国际联盟在巴黎开会之后，又来了一个消息，说法国军队开进了镇南关，于是乎"研究法国"似乎也应当同样的时髦了。

巴黎的报纸，书籍……似乎不在"仇货之列"，——不应当加以抑制。

这样，我们可以在巴黎的旧报纸里，寻出些关于《铁流》的很有趣的消息：

一九二七年的下半年，《铁流》已经在巴黎的日报上发表过。日报上登载了没有几章，就接到好些读者的信。有一封，署名的是"Reno"工厂的一

---

[1] 杨骚译的《铁流》出版得早些，可是，这个译本没有曹靖华译得好。而且三闲书屋校印的曹译本有一篇涅拉托夫的序文，非常之好的一篇论创作方法和艺术上的一般问题的论文。还有详细的关于事实的注释，其中引用了小说里主人翁郭甫久鹤自己著作的回忆录:《由古班到沃瓦河及其归程》，并且附有地图。这就更加使读者亲切地直接地感觉得这部伟大的纪事诗的呼吸。小说和事实合并了——这本来不是两件东西！——作者注

个五金工人，他写的是：

难道真正有这么一个郭如鹤吗？难道会有这样的英雄？真难相信，虽然很愿意相信……如果俄国的革命党人能够在《虞芒尼德报》（L'Humanité）报上，登载自己关于国内战争的回忆录，那就好极了。

他居然得到了活的郭如鹤的回信，不过这个人虽然在小说里是姓郭如鹤，他的真姓可是郭甫久鹤。他的回信说：

亲爱的同志！你觉得奇怪："难道真有这么一个郭如鹤？"的确有。亲爱的同志，我活着，到现在还活着，我现在是快枪团的团长。为着使你不要怀疑，我现在寄一张自己的照片给你。

天才的普洛作家绥拉菲摩维支在《铁流》里面描写的达曼红军的征战——我是参加的，我那时候先是达曼军的第一队队长，后来就做了全军的军长。这个光荣的征战，绥拉菲摩维支描写得完全正确。我的真姓是郭甫久鹤。

达曼红军在一九一八年的八月间被敌人包围着，逼到了黑海和亚左夫海的海边。我们决定了不投降。可是枪弹炮弹不够，而且完全没有粮饷，我们就这么不断的和德国人，土耳其人，乔治亚人——孟塞维克（就是中文译本里的克鲁怎人）打仗，爬过了三千多米达高的高加索山脉。走了五百基罗米达的路，冲破了敌人的包围，我们始终和北高加索的主要部队联络了起来。

时常没有子弹，甚至于没有枪的打仗，没有船只的穿过河，山上的作战，极残酷的饥饿，没有衣服，没有鞋袜，疫气等等，——这就是达曼军战斗的特点；战胜了一切障碍，完成了《铁流》里所描写的征战。而白党义勇军在一九一〇年就毁灭了，他们也被逼到海边，赶进了黑海。一部分的古班军得胜了回到古班，退伍了，开始做社会主义建设的和平劳动。

只要听见工农政府的第一声的号召，我们一定任何时候重新集合起来，在战斗的达曼旗帜之下，去继续"铁流"的光荣的历史。

我敢用无产者的"铁流"的参加人的名义，告诉你，亲爱的法国同志：将来的达曼军，一定随便什么时候都有决心来拥护西欧的弟兄，那时候，我们和你们就可以会面，亲亲热热的握手，而共同的向着社会主义前进。

谨致同志的敬礼。

郭甫久鹤

——巴黎《虞芒尼德报》，一九二八年三月十六日

我非常之高兴的读着你的信，简直不知道怎么样来谢你的这样知心的回信。读着你的信，我很了解：——象你这样的人是创造得出那样的奇迹的。

我在工厂里的图样间——我是在那里做工的——和图样工匠，还有工程师，谈了许多关于你们的军队的话，和他们说：你们军队里长官和兵士过着同样的生活，那样真挚的友爱只有红军里会有。然而，哼！他们方面，我尽碰着怀疑的态度，往往简直是讥笑。

可是，你的这封信，——他们要我读给他们听，我就读了，可真正使他们完全惊奇得不得了。

他们原来也会懂得：你们的力量和红军胜利的来源，——虽然红军里面军事智识好的军官是不够；象你们那样的亲爱精神，我们这里连影子也没有。

这些事实，并且使你们和你们的一切，在我们眼光里面，一天天的高升上去。

每一次苏维埃艺术的展览会，每一份苏维埃艺术的作品，都引起大家的兴趣和同情；真要看看：每一次苏维埃的电影，能够克服了一切障碍，达到我们这里的时候，工人的情绪是多么快乐和兴奋。

我看了《母亲》的电影片子。印象非常之深。影戏院真正要被鼓掌

的声音冲破了；我一生一世从没有看见过这样的热烈；我们正在要求准许《铁甲舰波铁摩京》的电影片到法国来开演，我现在已经想得到：这片子到了之后是个什么情形。

亲爱的同志，也许我们很快就可以在银幕上看见你；绥拉菲摩维支的《铁流》里，有好些非常之好的描写之中，觉得到那么大的规模，那么厉害的力量和光芒，你简直不应当再延搁下去了——快些把《铁流》排成电影，把你自己照到银幕上去。

是的，我们要看见这颗从东方升上来的巨大的明星，这颗伟大的红星，它吸引住了我们的视线，紧张了我们的感觉。

我们真正是无限的幸福，我们对你们表示我们的全部的爱情，表示对于你们的极深切的忠实的感情，——你们为着革命的事业受了那么多的痛苦。

我承认自己有这样的权利——可以代表《虞芒尼德报》的一切读者的共同的意见，对于你表示感谢和同志的亲爱的敬礼。

R．Gilbert（"Reno"工厂的工人）

吉尔佩（R.Gilbert）说：《铁流》的精神，在法国连影子也没有，这是在一九二八年。现在，至少这种影子已经在徘徊着。而"法国客军驻扎的菲洲沙漠"和安南地方，不但有了"铁流"的影子，而且有了"铁流"的本身。至于"四海之内"，那就更不必说了，这里"铁流"快要变成铁海的波涛，——虽然还没有冲掉"本地的客军"。这里不止一个郭如鹤似的英雄。而且这些英雄的本领，有敌人替他们宣传：他们在同一个时候会"猖獗"又会"投降"，他们在前一个月"病死了"，后一个月又"被打死了"，再过几个月又会"溃窜"了。关于这些"铁流"用得着所谓宣传吗？

用不着。绥拉菲摩维支的《铁流》也没有宣传，没有标语口号。

事实的本身就是最有力量的宣传。任何故意宣传鼓动的小说诗歌，都没有这种真实的平心静气的纪事本末来得响亮，来得雄壮，——这是革命的凯旋歌。绥拉菲摩维支只不过说：哪！我们是怎么奋斗过来的。这就够了——

就可以了解：历史往那一方面走着，那一种形式的生活是始终要胜利的，什么是始终要毁灭的——"万劫不复"的。

这种将要"万劫不复"的东西，在自己灭亡的前夜，才要拼命的造谣，拼命的宣传。它们还企图用几万万几十万万人的血，去挽回那回不了的命运，——用帝国主义的大屠杀的战争，来维持自己的狗命。

可是，回答这种造谣宣传和屠杀战争的，将要是全世界的"铁流"——铁洋的飓风。

一九三一，十二，十七。

谈谈《三人行》

当我们读完这篇小说的时候，我们最初的感觉就是：这篇东西不是一口气写的，而是断断续续的凑合起来的。因此，在全部的结构方面，我们不愿意再来详细的批评。例如，这篇小说的开始也许离着满洲事变很远呢，而最后方才很偶然的用满洲事变来点缀一下。照出版的年月推算起来，写这几段"点缀"的时候，最近也总在一九三一年的十月间。而小说结束得这样匆促，简直没有发展对于新起来的反帝国主义高潮的描写的可能。一切都是局促的，一切都带着散漫的痕迹。

《三人行》的题材本来是旧社会的渣滓，而不是革命的主动部队。这并不要紧。革命的部队也需要看一看敌人势力的外围是些什么样的家伙，是个什么样的形势。问题是在于《三人行》的立场是否是革命的立场。

不错。《三人行》里一个姓柯的说：

> 从前的痛苦是被压迫被榨取的痛苦，现在的，却是英勇的斗争，是产生新社会所不可避免的痛苦的一阶段……你以为新社会是从天上掉下来，是一翻掌之间就……划分为截然一个天堂一个地狱么？

这是《三人行》作者的立场，作者是从这个立场上企图去批判他所描写的三个人。这是革命的立场，但是，这仅仅是政治上的立场。这固然和作者以前的三部曲（《幻灭》，《动摇》，《追求》）的立场不同了，——所以说《三人行》是三部曲的继续或者延长——是不确的。然而仅仅有革命的政治立场是不够的，我们要看这种立场在艺术上的表现是怎样？

《三人行》之中的三个人是谁呢？一个是贵族子弟的中世纪式的侠义主义（姓许的），一个是没落的中国式的资产阶级的虚无主义（叫惠的青年和馨女士），一个是农民小资产阶级的市侩主义（叫云的青年）。作者要写他们的破产和没有出路，写农民的子弟怎么样转变到革命营垒里去。姑且不论作者的写法，——是脱离着现实的事变，并且没有构造一种假定的事变来代表社会的现实，而只是为着这三个人物描写一些布景，这本来是机械主义的公式的写法，而且是没有中心的，没有骨干的。这姑且不去说它。

只说作者所要写的"三个人"罢。

第一个"人"是侠义主义。这里的姓许的算是要"为着正义而斗争"，他用他个人的力量去救几个苦人，他还想暗杀摆烟灯放印子钱的陆麻子。作者把他的无聊，可笑，讨厌，他那种崩溃的书香人家的颓伤精神，都还写得露骨，相当的透澈。这种英雄好汉的侠义主义，在现在的中国的确有些妨碍着群众的阶级的动员和斗争，在群众之中散布一些等待主义——等待英雄好汉。这是应当暴露的。

可是，第一，这种侠义主义，并没有发生在现实的崩溃的中国贵族子弟之中，而在于平民小资产阶级的浪漫青年，尤其是在失业破产的流氓无产阶级，各种各式的秘密结社，——畸形的侠义主义表现在现实的所谓下流人的帮口里面。而中国的贵族并没有忏悔，并没有干什么侠义的行动（勉强的说起来，除非是五四时期的"往民间去运动"，那可是和九一八事变隔着两重高山呢）。中国的贵族子弟至多只会梦想要做诸葛亮和岳飞，想把骚动起来的民众重新用什么精忠贤能的名义压下去。第二，因此，作者描写的姓许的截然分做两段：一段是颓废而无聊的讨厌家伙，一段是干起侠义行为来的傻瓜，这两段中间差不多看不出什么转变的过程。即使有，也是勉强的。中国的书香贵族子弟本来只会颓伤，不会侠义。勉强要他侠义，他也就决不会去暗杀皇帝和总长（像民意党那样），而只会想去暗杀什么燕子窠的老板。多么可怜！《三人行》之中的姓许的可怜，而《三人行》的作者就在这方面也是部分的失败了。

第二个"人"是虚无主义。中国式的资产阶级，所谓商人，当然不是现代式的上海工厂和公司的老板，而是莫名其妙的"商界"：也许是钱庄当铺老板，也许是做南货业洋广杂货业的，也许是什么小作坊的店东……他们之中大部分是在没落的过程之中，他们愿意人家用"小"字称呼他们，这是"小"老婆的"小"字，也就是"小"资产阶级的"小"字。这种商界子弟，看看生意经轮不着他们这一辈人做了，世界上的一切都黯淡下来……自己的力量是异常的小（这可是真正的"小"了），而又要在"夹攻中奋斗"！所以由他们看来，两边都不好：

> 一切都破弃了罢，一切的存在都不是真的，一切好名词都只是骗人。……一切都应当改造，但是谁也不能被委托去执行。

这就是惠的虚无主义。对于他，旧社会是应当改造，而革命又太丑恶。那种笑骂一切的态度，可以用来"安慰"一下群众，也正可以堵住革命的出路，因为革命也"只是骗人"罢了。资产阶级的某些阶层因此拼命的发展着这种虚无主义，企图笼络住群众（谁大致看过民国元二年直到现在的礼拜六派李涵秋之流的小说，他就可以知道）。这种虚无主义是用打破一切信仰的"高超"态度来巩固对于现在制度的信仰。这的确是值得严重注意的，值得用力来打击的。

可是，《三人行》之中对于虚无主义的攻击太没有力量了，仿佛是打人家一个巴掌，反而把自己的手心打痛了似的。第一，作者描写惠和馨，写得叫人怜惜起来，这是最粗浅的读者也觉得到的，而读者之中的大多数正是这种粗浅的看法。惠在小说里面差不多没有行动，只有言论。因为他不行动的缘故，所以他没有受着什么"现实"的紧箍咒（看原书一一五页）。于是他的言论越发显得"持之有故，言之成理"了。——例如他"对于一切都摇头"：什么"诉之公理，静候国联解决，经济绝交，革命外交，对日宣战，以至载货汽车中拿着青龙刀丈八蛇矛的国货武士的国术"。作者对于这种虚无主义的半面真理，只借着云的议论来反驳他，可是，你驳尽管驳，而读者觉得惠的主张还是有点道理，因为他的"夹攻之中"的阶级立场并没有显露得充分。第二，惠的虚无主义因此就没有转变的必要。作者写着他稍稍修改了自己的"政纲"：说可以委托去改造社会的人"虽然一定要产生，但现今却尚未出现"。这样一个"稍稍的"转变，已经是等于不转变的了，而这篇小说之中的一切却连这个"稍稍转变"的原因都没有解释。惠后来发狂了，但是为什么发狂？在小说里所写的一切，并没有使他发狂的力量。总之，这个从虚无主义走到"光明在我们前面"的过程是找不着的。

因此，我们可以说《三人行》的暴露虚无主义的斗争是失败了。

第三个"人"是市侩主义。这在作者甚至于自己都没有觉察的。"三个人"之中的一个，云，就是市侩主义的代表。云是很切实的实际主义的人，他反对一切大道理，他主张"生活问题比什么都重要些"。这是市侩对于人生的态度，坚定的打破了一切信仰的利己主义，不要多管闲事，不要多讲道理，要好好的勤恳的忍耐的下一番苦功，往上爬，总有一天出头的日子。这种所谓勤恳是不反抗的意义，所谓忍耐是顺从那些卑鄙龌龊的"社会律"的意义。这其实就是虚无主义的背面，这正是资产阶级的意识领导小资产阶级的表演。虚无主义的目的本来就是要群众抛弃研究大道理的"妄想"，而各自去管自己的个人生活问题。这也是市侩主义的基础。云的家庭是该着五十亩田的农民，有时候还能够雇用几个短工，即使不是富农，至少也是接近富农的中农。但是，我们就假定是这样罢：这是农民小资产阶级。这是穷苦的，可是还能够过得去的小百姓。他们不在"夹攻"之中，因为革命对于他们只会有益处，结算起来总是有益处的，不会有什么大了不得的害处的。可是，那种小资产阶级的生活，尤其是小私有者和小生产者的生活，使他的眼界特别的狭小，他的志向特别微小，他的乡下人自以为是的自信力特别坚强，又在资产阶级的意识的笼罩之下，于是乎成为标本的不革命主义，——正是不革命，而不是反革命。这种小资产阶级的阶层正在迅速的转变，而且不止

110

一次，他可以转变过来又转变过去。反映这种转变，在土地革命的伟大的怒潮之中，的确是普洛文学的一种重要任务。这就要同时极有力量的揭发市侩主义。

然而《三人行》的作者却根本没有提出这个任务。第一，《三人行》的头几段简直是用云做正面的主人公，他的果断的坚决的口吻，劝告许的一些市侩主义的议论，差不多是句句要读者佩服他。直到他转变之后，他还是替市侩主义辩护，他说："世界上有一种人，尽管愚蒙，尽管顽固，可是当'现实'的紧箍咒套上了他的头颅以后，他会变好，例如我的父亲。"《三人行》的全篇对于"愚蒙顽固"的市侩主义并不加以鞭笞的，而只不过认为是很可以变好的材料罢了。第二，就是这种变好的过程也是没有的。固然，云家里的田地被绅士抢去了，因此云要革命了。然而，在这件事以前的云是一个标本的市侩主义，一个绝对安分守己的好学生。他的革命性是突然出现的。关于他以前就模糊的认识社会改造的必要，只有后来的一句描写的句子，而在他以前的行动和言论里面是看不出来的。

孔夫子说："三人行，必有我师焉。"而结果是"三人行，而无我师焉"。

为什么？因为：一则《三人行》的创作方法是违反第亚力克谛——辩证法的，单就三种人物的生长和转变来看，都是没有恰切现实生活的发展过程的。二则这篇作品甚至于非现实主义的。

只有开头描写学生寄宿舍里的情形，还有一些自然主义的风趣。而随后，侠义主义的贵族子弟差不多是中国现实生活里找不出的人物；虚无主义的商人子弟又是那么哲学化的路数，实在是扩大的，事实上这种虚无派要浅薄而卑鄙得多；至于市侩主义的农民子弟，那又写得太落后了——比现实生活中的活人和活的斗争落后得多了。甚至于几个配角，像馨女士和丫头秋菊，也有些"非常之人"的色彩。这篇作品之中虽然没有理想的"英雄"，可是有的是理想的"非英雄"。

而作者的革命的政治立场，就没有能够在艺术上表现出来。反而是小资产阶级的市侩主义占了胜利，很自然的，对于虚无主义无意之中做了极大的让步。只有反对个人英雄的侠义主义的斗争，得到了部分的胜利，可又用了过分的力量。

如果这篇作品可以在某种意义之下算做小资产阶级革命文学的收获，那么，也只在于它提出了几个重要的问题，并且在它的错误上更加提醒普洛文学的某些任务，例如新现实主义的创作方法必须正确的运用起来，去对付敌人的虚无主义等等的迷魂阵。再则，就只有零碎的片段——揭穿了那些绅士教育家等等的假面具了。如果《三人行》的作者从此能够用极大的努力，去取得普洛的唯物辩证法的宇宙观和创作方法，那么，《三人行》将要是他的很有益处的失败，并且，这是对于一般革命的作家的教训。

然而，茅盾在现在的一般作家之中，不能够不说是杰出的，因为他的思想的水平线和科学知识的丰富，超出于许多自以为"写实主义文学家"之上。

一九三二，三，十。

革命的浪漫谛克——评华汉的三部曲

第一，普洛的先进艺术家不走浪漫谛克的路线，就是不把现实神秘化，不空想出什么英雄的个性来做"时代精神的号筒"，不干那种"使我们高尚化"的欺骗；而要走最彻底，最坚决，最无情的"揭穿现实的一切种种假面具"的路线。第二，普洛的先进艺术家不走庸俗的现实主义的路线，而要最大限度的肃清那些"通行的成见"，肃清马克思所说的"事物的表面景象"，而写出生活的实质，这就是要会尽可能的，最大限度的，从"偶然的外皮"之下去显露出现实的客观的辩证法。第三，普洛的艺术家和过去的伟大的现实主义者不同，他应当看见社会发展的过程以及决定这种发展的动力，这就是要会描写"旧"的之中的"新"的产生，描写"今天"之中的"明天"，描写"新的"对于"旧的"的斗争和克服。这是说：这种艺术家比过去的任何一个艺术家都要有力量——不但能够解释这个世界，而且还能够自觉的为着改变这个世界的事业而服务。

——法狄耶夫：《打倒塞勒》

中国的新兴文学经过了自己的"难产"时期还不很久。华汉的《地泉》显然还留着难产时期的斑点，正确些说，这正是难产时期的成绩。这里，充满着所谓"革命的浪漫谛克"。《地泉》的路线正是浪漫主义的路线。

中国社会的现实是什么，中国最近几年的"大动乱"的动力是什么？中国社会的发展过程和发展动力，显然不是英雄的个性，而是广大的群众，不是简单的"深入"，"转换"和"复兴"，而是一个簇新的社会制度从崩溃的旧社会之中生长出来，它的斗争，它的胜利……正在经过一条鲜红的血路，克服着一切可能的错误和失败，锻炼着绝对新式的干部。

但是，《地泉》不是表现这种动力和这样的过程。《地泉》固然有了新的理想，固然抱着"改变世界"的志愿。然而，《地泉》连庸俗的现实主义都没有做到。最肤浅，最浮面的描写，显然暴露出《地泉》不但不能够"改变这个世界"的事业，甚至于也不能够"解释这个世界"。因此，《地泉》正是新兴文学所应当研究的：不应当这样写的标本。这是所谓"前车之鉴"！新兴文学要在自己的错误里学习到正确的创作方法，要在斗争之中锻炼出锐利的武器，所以对于《地泉》这一类的作品也就不能够不相当的注意：

> 今年农忙的时候，他（张老七）便在九叔叔家里做短工，九叔看他很勤快，一点都不躲懒，心里便很爱他，时常想找些可以挣钱的事情来给他做……所以九叔叔便暂借了两块钱给他，要他花两天整功夫到四乡去拣选上色的红桃，预备端午节那天拿到镇上去卖贵市。张老七在感谢之余自然照九叔的吩咐去办。
>
> ——《深入》

这里，雇主九叔叔和雇工张老七的关系是不是现实的呢？！雇主对于雇工不但不剥削，反而想尽方法帮他挣钱（！），这是一般的现实的社会现象吗？退一步说：这或许是一个偶然的例外。但是，后来张老七却并不受自由主义的雇主的欺骗，他莫名其妙的得着了很明显而正确的意识，就这么样参加了革命。这里，对于社会现象的解释是根本没有的，更不用说深刻的去理解社会现象之中的辩证的过程。

还有一个"往民间去"的女学生的梦云，那是更奇妙了：

想到这里，她（梦云）大大的失悔起来，她觉得从前他和她求爱的时候，她不应该那样藐视他，那样的唾弃他，使他太过于难堪了。现在这位曾经被她藐视过唾弃过，被她视为胡涂蛋的他，却以自己英勇的战绩，在万人敬爱之中显露出他峥嵘的头角来了；人，毕竟是不能藐视的，何况他，林怀秋究竟是曾经参加过革命的有思想的有能力的男子。

——《复兴》

这简直是朱买臣休妻——"马前泼水"那样的意识，最尘俗的势利的"通行的成见"。甚至于还要坏：朱买臣的老婆是当初就没有见识，因此和她的肉眼所不识的"英雄"离婚了；而梦云看不起怀秋的时候，怀秋却的的确确是个颓废的无聊的值得藐视的浪人。后来，怀秋改过了，这对于梦云只会是可以觉得喜欢的事实，决不会是使她失悔的事实！《地泉》之中的英雄都是这么出人意外地在"万人敬爱中显露他的峥嵘的头角"的人物。这是多么难堪，但是，又多么浪漫谛克呵！

至于《转换》的全部题材——实际上也可以说《地泉》的全部题材，——只是这种"英雄主义的革命的浪漫谛克"。林怀秋是一个颓废的青年，以前曾经是个革命者，但是，已经堕落了，过着淫荡的无聊的贵公子的生活，后来，莫名其妙的，一点儿也没有"转换"的过程，忽然的振作起来，加入军队，从军队里又转变到革命的民众方面去。梦云是一位小姐，女学生，大绅士的未婚妻，她居然进了工厂，还会指导罢工。另外还有一位寒梅女士——始终没有正式出面的，作者对于她没有描写什么；而怀秋和梦云的"转换"，却都是受了她的劝告的结果。这几位都是了不得的人物！固然实际生活之中的确也有这一类的人。可是，《地泉》的表现，却不能够深刻的写到这些人物的真正的转变过程，不能够揭穿这些人物的"假面具"，——他们自己意识上的浪漫谛克的意味：自欺欺人的"高尚理想"。作者反而把这种丑陋的现实神秘化了，把他们变成了"时代精神的号筒"。

就是《地泉》之中用不着"转换"的英雄，例如农民协会的会长汪森，工联代表小柳……阿林等等，也都浪漫谛克化了；他们和一切人物都是理想化的，没有真实的生命的。再则，事变的描写方面也犯着同样的毛病：农民在乡村之中的行动居然是东南西北乡一致齐备的，罢工委员会是机械的分裂成为三派；而且一切事变都会百事如意的得着好结果。

这种浪漫主义是新兴文学的障碍，必须肃清这种障碍，然后新兴文学才能够走上正确的路线。

至于描写的技术和结构，——缺点和幼稚的地方也很不少；文字是五四式的假白话。例如农民老罗伯的对话里，会说出"挨饥受辱"那样的字眼，而事实上现代中国的活人嘴里并说不出这类的话。所有这些，都是值得研究的错误。我们应当走上唯物辩证法的现实主义的路线，应当深刻的认识客观的现实，应当抛弃一切自欺欺人的浪漫谛克，而正确的反映伟大的斗争；只有这样，方才能够真正帮助改造世界的事业。

一九三二，四，二二。

普洛大众文艺的现实问题

这将要是自由的文艺，因为这种文艺并不是给吃饱了的姑娘小姐去服务的，并不是给胖得烦闷苦恼的几万高等人去服务的，而是给几百万几千万劳动者去服务的，这些劳动者才是国家的精华，力量和将来呢。

——《伊里伊茨[1]文集》初版第七卷上册第二十五页

中国普洛大众文艺的问题，已经不是什么空谈的问题，而是现实的问题。难道还只当做亭子间里"茶余饭后"谈天的资料么？苏联十月革命之前，许多革命的文学家，后来的普洛文学家，曾经埋没在小报馆的校对，访员等类的地位五六年七八年，当时的高等读者社会里没有人知道他们；他们在谋生的困苦工作之外，仍旧能够很多的写作小本小说，价钱只有三四分大洋一本，销到工人贫民中间去。这些作家之中，只有一个绥拉菲摩维支是在当时就成了名的（高尔基不算在内）；其余的都这么埋没着；甚至于革命后也没有"出名"的。但是，当时的工人读者知道他们，爱他们。他们的作品，未必都是第一流的，未必都流传下来。但是在当时，这些作品至少能够供给一般贫民的文艺生活，起了革命的作用。可以说，那还不是普洛文艺，然而那是最真实

---

[1] 即伊里奇，列宁的父称。

的普洛文艺的胚胎。现在的中国呢？普洛文艺的胚胎还没有，只有普洛文艺的理论和所谓前辈。只有普洛文艺的"母亲"，她应当怀胎，但是还没有怀胎。

普洛文艺的"母亲"为什么还没有怀胎？因为她"节制生育"。她还是摩登姑娘，学到了巴黎式的时髦。她思慕着奢华淫滥的生活和交际明星的声望。她只在想一脚跨进摩登化的贵族厅堂——在所谓"纱笼"（salon）里去和当代名流"较一日之短长"。她于是乎把腰束束紧，于是乎用些"史班通"之类的药来避孕。总之，虚荣和声望，嫉妒和贪欲，使有些人只在想"一举成名天下知"。可是，这个天下显然只是"纱笼"的天下，面不是贫民窟的天下！

而普洛文艺"要是自由的文艺，因为调动新的力量和更新的力量到这种文艺的队伍里来的，并非贪欲和声望，而是社会主义的理想和对劳动者的同情"。（《伊里伊茨文集》，同上）

现在中国文艺生活的现象是个神奇古怪的怪现象。因为封建余孽的统治，所以文艺界之中也是不但有阶级的对立，并且还有等级的对立。中国人的文艺生活显然划分着两个等级，中间隔着一堵万里长城，无论如何都不相混杂的。第一个等级是"五四式"的白话文学和诗古文词——学士大夫和欧化青年的文艺生活。第二个等级是章回体的白话文学——市侩小百姓的文艺生活。现在，请平心静气的回答一个问题：直到今天为止，普洛文艺的作品是属于那一个等级？！

普洛文艺应当是民众的。新式白话的文艺应当变成民众的。但是还并没有变呢。因此，劈头一个问题就是：怎样去变？这个问题不解决，一切都无从说起。因此也就会发生我这篇文章的怪题目："普洛大众文艺"。普洛文艺一般都应当是大众的，难道有"非大众的普洛文艺"？然而不然！居然有。甚至于有人说：不能够把艺术降低了去凑合大众的程度，只有提高大众的程度，来高攀艺术。这在现在的中国情形之下，简直是荒谬绝伦的论调。现在的问题是：革命的作家要向群众去学习。现在的作家，难道配讲要群众去高攀他吗？老实说是不配。

这样，"向群众去学习"——就是"怎样把新式白话文艺变成民众的"问题的总答覆。总之，假定意识是正确的作品，可是仅只能够给欧化青年去"服务"的，当然不是大众文艺。这种文艺，只能够做普洛革命文学的次要工作，为的是在敌人营垒里去捣乱后防。这种"欧化文艺"尚且要努力大众化，扩大自己的读者社会。同时必须打进大众的文艺生活之中去——跳过那一堵万里长城，跑到群众里面去。这就必须创造普洛的革命的大众文艺。现在大众所"享受"的文艺生活是什么？那些章回体的小说，群众尚且不能够完全看得懂。他们所"享受"的是：连环图画，最低级的故事演义小说（《七侠五义》，《说唐》，《征东传》，《岳传》等），时事小调唱本，以至于《火烧红莲寺》等类的大戏，影戏，木头人戏，西洋镜，说书，滩簧，宣卷等等。这里的意识形态是充满着乌烟瘴气的封建妖魔和"小菜场上的道德"——资产阶级的"有钱买货无钱挨饿"的意思。现在的主要工作，因此应当是创造普洛的大众文艺，——应当向那些反动的大众文艺宣战。这是一条唯一的道路——可以造成新的群众的言语，新的群众的文艺，站到群众的"程度"上去，同着群众一块儿提高艺术的水平线。所谓"非大众的普洛文艺"和"普洛大众文艺"之间的区别，将要在这一条道路上逐渐的消灭净尽。

文艺问题里面，同样要"由无产阶级反对资产阶级而完成资产阶级民权革命的任务"，准备着，团结着群众的力量，以便"立刻进行社会主义的革命"。为着执行这个任务起见，普洛大众文艺应当在思想上，意识上，情绪上，一般文化问题上，去武装无产阶级和劳动民众：手工工人，城市贫民和农民群众。这是艰苦的伟大的长期的战斗！

普洛大众文艺应当立刻实行，应当认真的解决一些现实的问题：第一，用什么话写。第二，写什么东西。第三，为着什么而写。第四，怎么样去写。第五，要干些什么。

第一，用什么话写？

苏联党的中央委员会曾经认定反对鞑靼民族等改用罗马字母的人，事实上等于出卖阶级。现在我们对于中国文的罗马化问题，暂时不说。可是至少要注意到这个"罗马化"的基础，就是创造一种真正现代大多数人用的文字——言语。固然，书面上的话（文字）和口头上的话（言语）之间，在欧美先进各国，也都有相当的区别，然而那分别都只是比较紧凑和散漫罢了；欧美先进各国的"书面上的话"，都只是紧凑些的"口头上的话"，读出来是可以懂得的。中国的情形可不同，书面上的"白话"——五四式的白话和文言一样，读出来是不能够懂得的，非看着汉字不可。这种话要用罗马字母拼音，当然就是不可能的了。

中国的"言"和"文"之间的区别为什么如此之大？就因为是封建余孽作祟。"五四"以前士大夫用的文言，据说是"周朝话"，其实只是周朝话的极模糊极省略的记录，因为用以记录的工具是象形文字，所以就不能够不模糊省略。五四时期的文学革命，要想推行所谓"白话文"，这是资产阶级民权革命之中的一般文化革命的任务，自然不是狭义的文学革命。这个文化革命也和一九二七年的革命一样，是失败了，是没有完成它的任务，是产生了一个非驴非马的新式白话。这五四式的白话仍旧是士大夫的专利，和以前的文言一样。现在新式士大夫和平民小百姓之间仍旧"没有共同的言语"。革命党里的"学生先生"和欧化的绅商用的书面上的话是一种，而市侩小百姓用的书面上的话，是另外一种，这两种话的区别，简直等于两个民族的言语之间的区别。俄国在十七八世纪时候，欧化贵族只读斯拉夫文的典籍和法文的小说，而平民读俄文。现在的中国欧化青年读五四式的白话，而平民小百姓读章回体的白话。中国还是需要再来一次文字革命，象俄国洛孟洛莎夫到普希金时代的那种文字革命。不然呢：革命的智识分子和民众没有共同的言语，反而是商店作坊的老板和伙计学徒之间有共同的言语。这个文字革命任务，现在同样要由无产阶级来领导，资产阶级不需要再澈底的文字革命，而且还在反对这个革命。

这个革命就是主张真正的用俗话写一切文章。如果"白话"这个名词已经被五四式的士大夫和章回体的市侩文丐垄断了去，那么，我们可以把这个新的文字革命叫做"俗话文学革命运动"。固然，最近一年来——一九三一年——有极少数的新进的作家，例如穆时英，张天翼等，以及以前的一些老

120

作家，都在自己的作品里注意到俗话的运用，但是，我们还需要有一个积极主张俗话的运动，不但自己这样写，并且还要号召一切人应当这样写，还要攻击不这样写的人，总之，要有象五四时期一样的战斗精神。要剧烈的反对和抵制许许多多现在的"林琴南"！自然，单单会运用俗话并不就是普洛文学，因为用俗话一样可以写封建的，资产阶级意识的东西；但是用非驴非马的白话写的东西，绝对不能成为普洛文艺。难道现在俄国普洛文学可以用斯拉夫拉丁文混合的言语来写作品？难道英美普洛文学能够用古代英文来写作品？绝对的不能够。因为这使它不能够给大众服务！因此，可以说：不注意普洛文艺和一切文章用什么话来写的问题，这事实上是投降资产阶级，是一种机会主义的表现，是拒绝对于大众的服务。这个俗话革命的任务，是一般文化革命的任务，一切革命的文化组织应当担负起来，而尤其是文学的革命组织。

因此，对于"用什么话写"的问题，答案是很清楚的。

第一，当然不是用"周朝话"来写，就是绝对的不是用文言来写。

第二，也不能够用五四式的白话写。五四式的白话，表现的形式是很复杂的：有些只是梁启超式的文言，换了几个虚字眼，不用"之乎者也"，而用"的吗了呢"，这些文章，叫士大夫看起来是很通顺的。有些是所谓"直译式"的文章，这里所容纳的外国字眼和外国文法并没有消化，而是囫囵吞枣的。这两大类的所谓白话，都是不能够使群众采用的，因为读出来一样的不能够懂。原因在于：制造新的字眼，创造新的文法，都不是以口头上的俗话做来源的主体，——再去运用汉文的，欧美日本文的字眼，使他们尽量地容纳而消化；而是以文言做来源的主体，——甚至于完全不消化的生硬的填塞些外国字眼和文法。结果，这种白话变成了一种新式文言：《说文》和《康熙字典》，东文术语词汇和英文句法分析练习簿，——就是这种新式文言的来源的主体。这叫做非驴非马的"骡子话"。如果普洛大众文艺也仍将用这种话来写，那么，简直是没有人可以听得懂的，这就绝对不能够达到群众里去。

第三，也并不是用章回体的白话来写，这种白话，最好的象《水浒》

121

《红楼梦》，也只是明朝话或者清朝话；而且同样是省略的记录，并不能够完全代表当时人口头上的话的。姑且把考据功夫搁起，假定的叫他"明朝话"罢，这种话显然不是现代中国人的话。只要看这一类小说里的对话，里面的虚字眼有许多是现代人不讲的了，例如"把"写作"将"，"就"写作"便"等等。而且这种话的全部的腔调，可以证明这仍旧是士大夫迁就平民的一种言语，或者是平民高攀士大夫的一种话。因此，我们可以看见：凡是比较复杂的说理，描写，叙述……实际上仍旧是文言的腔调，至多只是京戏里说白的腔调。你想想：现代人嘴里会不会说出"不知老兄意下何如"？或者"欲知后事如何，且听下回分解"？至于比《水浒》《红楼》"等而下之"的许多演义小说，现在礼拜六派的小说，直到连环图画式的小说，那简直是文言白话混合得乱七八糟的东西。这到现在，显然仍旧是以文言为主体的一种话。如果简单的采用这种"明朝话"，那就无所谓文字革命。固然，采取这种话可以使群众勉强懂得，但是这就完全忽略了革命的任务。这也是投降主义！

总之，不但普洛大众文艺，就是"非大众的普洛文艺"，都不能够用"周朝话"写，都要反对用"骡子话"来写，而且也并非要用"明朝话"来写。而要用现在人的普通话来写——有特别必要的时候，还要用现在人的土话来写（方言文学）。无产阶级，在"五方杂处"的大城市和工厂里，正在天天创造普通话，这必然的是各地方土话的互相让步，所谓"官话"的软化。统一言语的任务也落到无产阶级身上。让绅商去维持满洲贵族旗人的十分道地的上等京话做"国语"罢，让他们去讥笑蓝青官话罢。无产阶级自己的话，将要领导和接受一般智识分子现在口头上的俗话——从最普通的日常谈话到政治演讲，——使它形成现代的中国普通话。自然，照中国的现状，还会很久的保存着小城市和农村的各地方的土话，这在特殊必要的时候，也要用它来写。总之，普通俗话的发展，必须无产阶级的文化运动来领导，就是要把这种言语做主体，用它来写一切文章，尤其是文艺，尤其是大众文艺。要为着这个新的文字革命而斗争。事情其实很简单，只要把自己嘴里的话写出来。这种俗话同样的可以有深浅，有书面的和口头的分别，——自然并非一切文章都等于速记的记录。而普洛大众文艺的特点，就在于暂时这种文艺所用的话，应当是更浅近的普通俗话，标准是：当读给工人听的时候，他们可以懂得。这样就可以开辟一条道路，使工农群众在文艺生活之中逐渐提高组织自己言语的能力，根据于"联想"的公律采用必须的汉文的以及欧化的字眼，文法。无产阶级在这里有一个坚定的自信力：他们口头上所讲的话，一定可以用来写文章，而且可以写成很好的文章，可以谈科学，可以表现艺术，可以日益进步而创造出"可爱的中国话"，并用不着去学士大夫的骡子话（可以看而不可以听的话），并用不着去学戏台上的明朝人的说白。而现在的章回体小说，却正使群众觉着一定要用那种"半文不白"的腔调，才能够说故事，才能够写文章……中国现在还没有"可爱的屠格涅夫的言语"（伊里伊茨说的），中国的普洛文学应当担负创造这种言语的责任。

总之，普洛大众文艺要用现代话来写，要用读出来可以听得的话来写。这是普洛大众文艺的一切问题的先决问题。这个问题不解决，其余的努力大半要枉费的。

第二，写什么东西？

普洛大众文艺用什么话写的问题解决之后，就要回答写什么东西的问题。应当用现代人的白话写的并不仅是大众文艺。大众文艺和其他文章在言语上的区别，仅仅只在于深浅。可是，讲到写什么东西的问题，就是作品的体裁问题，那就不同了。这里的区别比较的是很大的。

现在新式白话作品的体裁，大半已经是很欧化的了。老实说，是很摩登化的了。因为，中古世纪的欧洲作品，甚至于文艺复兴初期的作品，体裁也和近代的摩登主义大不相同。意大利的《十日谈》，西班牙的《董吉诃德传》，法国大仲马的《三剑客》（《侠隐记》）和《二十年后》，在体裁上就和中国的《今古奇观》，《儒林外史》，《三国演义》等等，有好些相象的地方。这种情形足以证明欧洲封建的上层建筑的崩溃，和经济基础的变更，互相适应着。欧洲当时的民众从中世纪式的武侠小说进一步来读《董吉诃德传》的时候，不感觉到体裁上突然的绝对的不同。而中国的近代资本主义的发展是从买办而来。手工工厂的发展突然的跳到最新式的百货公司和电气动力的工厂；表面上尤其急遽转变的，是出现了帝国主义的大规模的银行资本，城市的地皮投机事业……于是欧化士大夫的"文艺享受"同样的可以从诗古文词一跳就跳到摩登主义的"神奇古怪"的体裁。吃租阶级的摩登贵族，有这么的"福气"。但是对于民众，这种体裁是神奇古怪的，没有头没有脑的。关于人物，没有说明"小生姓甚名谁，表字某某，什么省什么县人氏"；关于风景，并不是清清楚楚的说"青的山，绿的水，花花世界"，而是象征主义的描写，山水花草都会变成活人似的忧愁或者欢喜，皱眉头或者亲嘴；关于对话，并不说明"某某道"，"某某大怒道……"；句法是倒装的，章法是"零乱的"。这些，在欧美的工人早已不成多大的问题（以发展史最短的俄国文学来看，从斯拉夫文的作品，经过最早的俄文通俗作品，经过普希金到高尔基，逐渐摩登化的过程也有了一百五十年）。但是中国民众还觉得非常之看不惯。普洛文艺至今用全部力量去做摩登主义的体裁的东西，这样自然发生的结果是：上中下三等的礼拜六派倒会很巧妙的运用着旧式大众文艺的体裁，慢慢的渐渐的"特别改良"一下，在这种形式里面灌进维新的封建道德，资产阶级民族主义的……内容，写成《火烧红莲寺》等的"大众文艺"；而革命的普洛的文艺因为这些体裁上形式上的障碍，反而和群众隔离起来。这也同样是不了解完成资产阶级民权革命任务的错误。

所以普洛大众文艺所要写的东西，应当是旧式体裁的故事小说，歌曲小调，歌剧和对话剧等，因为识字人数的极端稀少，还应当运用连环图画的形式；还应当竭力使一切作品能够成为口头朗诵，宣唱，讲演的底稿；我们要写的是体裁朴素的东西——和口头文学离得很近的作品。

可是，也要预防一种投降主义，就是盲目的去模仿旧式体裁。这里，我们应当做到两点：第一是依照着旧式体裁而加以改革；第二，运用旧式体裁的各种成分，而创造出新的形式。关于第一点，一切故事，小说，小唱，说书，剧本，连环图画，都可以逐渐的加进新式的描写叙述方法。关于第二点，举几个例来讲：可以创造新的短篇说书话本，不必要开头是"却说"，末了是"且听下回分解"，而是俗话的短篇小说；可以输入欧美的歌曲谱子，要接近于中国群众的音乐习惯的，而填进真正俗话的诗歌；又可以创造一种新的俗话诗，不一定要谱才可以唱，而是可以朗诵，可以宣读的，在声调节奏韵脚里面能够很动人很有趣的；可以模仿文明戏而加入群众自己的参加演戏；可以创造新式的通俗歌剧，譬如说用"五更调"，"无锡景"，"春调"等等凑合的歌剧穿插着说白，配合上各种乐器，——因为话剧（文明戏）没有音乐，对于群众的兴趣是比较的少的。这些，都还只是没有实行经验的设想，有了经验之后，还可以想到无数的新的形式，群众来听小调来看戏的人，可以教我们的还多得很呢。

这样，就是在文艺的形式上，普洛大众文艺也要同着群众一块儿提高艺术的程度。

第三，为着什么而写？

普洛大众文艺的题材——艺术内容上的目的是什么？普洛大众文艺要为着什么而写？

这里，在所谓"非大众的普洛文艺"和"普洛大众文艺"之间，差不多没有什么区别的。如果有的话，那只是相对的。譬如说，因为读者对象的不同，所以"非大众的文艺"大半要是捣乱敌人后防的，而"大众的"大半要是组织自己的队伍的。这是文艺，所以这尤其要在情绪上去统一团结阶级斗争的队伍，在意识上在思想上，在所谓人生观上去武装群众。

（一）是鼓动作品，所谓"agitha"。这当然多少不免要有标语口号的气息，当然在艺术上的价值也许很低。但是，这是斗争紧张的现在所急需的。

所谓"急就章"是不能够避免的。

可是，同时也应当尽可能的叫它艺术化，这是学习的机会。这些作品如果做得好，一样的可以避免"标语口号主义"，而使标语口号艺术化，而取得艺术品的资格，——因为这里主要的将是为着时事，为着大事变而写的东西，而大事变往往可以产生意义伟大的作品。这必然要认作一种在一定的事变之中的反对一切种种反革命的武断宣传的斗争。

（二）为着组织斗争而写的作品。这是说一般的阶级斗争，经常的一切问题上的阶级斗争。这里，当然首先是描写工人阶级的生活，描写贫民，农民，兵士的生活，描写他们的斗争。劳动群众的生活和斗争，罢工，游击战争，土地革命，当然是主要的题材。同时小资产阶级，资产阶级，绅士地主阶级的一切丑恶，一切残酷狡猾的剥削和压迫的方法，一切没有出路的状态，一切崩溃腐化的现象，也应当从无产阶级的立场去揭发他们，去暴露他们。讽刺的笔锋和刻毒的描写，对于敌人是不知道什么叫做宽恕的。这是冲锋的捣乱后防的游击队。这是要打破群众对于敌人，对于动摇的"同盟者"的迷信。这里，当前的斗争任务是：反对武侠主义，反对民族主义。因为现在豪绅资产阶级的"大众文艺"之中，闹得乌烟瘴气的正是武侠剑仙的迷梦，岳飞复活的幻想。我们的大众文艺，应当反对军阀混战，反对帝国主义瓜分中国的战争，反对进攻苏联，为着土地革命，为着无产阶级领导的工农民权独裁，为着中国的真正解放而努力的一贯的去贯澈反对武侠主义和民族主义的斗争，宣传苏维埃革命，宣传社会主义和反帝国主义的国际主义。为着这种目的而写的作品，可以是"阶级经验的小说"（例如现在的革命斗争⋯⋯太平天国，义和团，辛亥，五四，五卅，广州公社，武汉时代等等）；可以是片断的或者想象的斗争和生活，例如中国的"董吉诃德传"，短篇的这类的故事；可以是古代传说（关公，岳飞，薛仁贵等）和现时大众小说（《火烧红莲寺》等）的改作；可以是欧美"阶级经验小说"以及其他名著的改译（《九十三年》，《铁流》等等）。

（三）为着理解人生而写的作品。所谓"人生"，难道只有"高尚的"智识分子才了解，难道只能够从资产阶级的观点去了解？不然的！无产阶级和劳动民众也需要了解，需要从无产阶级的观点去了解，需要清楚的发现现实生活的意义。现在，他们的意识形态大半是在地主资产阶级的人生观的束缚之下。工人，农民，一切贫苦的民众，他们有自己的私人生活，他们受着宗法社会和封建观念的束缚，他们也有恋爱，他们也有家庭，他们要求生活，他们要求解放。但是，豪绅资产阶级的"大众文艺"正在供给他们以各种各式的毒药迷魂汤。他们有许多本来就是小资产阶级（例如农民，兵士），他们之中的工人，也有许多刚刚离开小资产阶级的地位不久，摆脱宗法社会联系还很少。绅商豢养的文丐，就首先用宗法主义和市侩主义去羁縻他们。工农的人生是和斗争不可分离的。绅商就特别努力的想把他们的人生和斗争分割开来。一切宣卷，说书，小唱……没有一本不是变相的所谓"善书"，宣传那些最恶劣最卑鄙最下贱的中国礼教和果报观念。单是一句"变牛变马来还债"的话，单是一句"淫人妻女，自己的妻女也被人淫"的话，单是一句"乐善好施金玉满堂"的话，就可以使人知道：现在市面上的大众文艺是多么努力的在宣传宗法主义和市侩主义。充其量是鼓吹一些梁启超式的维新道德，暗示民众说：只要自己勤苦，总可以成家立业。这种小资产阶级的幻想，是"安分守己"甘心做奴隶的主义，是非政治主义的情绪。总之，这里充满着伪善，卑鄙，等待，迷信……一切种种恶化的毒药；甚至于淫书都标题着"警世之书"，把男女关系写成禽兽不如的把戏，把残杀所谓"淫妇"当做英雄豪侠的信条；摧残民众中的每一丝每一毫的光明，把对于人生，恋爱，家庭，劳动的了解，都恶化到无以复加的地步。所以在反对地主制度和资本主义的文艺里，就要一贯地贯澈反对宗法主义和市侩主义的斗争。为着这种目的而写的作品，可以是劳动民众的私人生活的故事，恋爱的故事，宗法社会的牺牲，成家立业幻想的破产……以及无产阶级的理想（社会主义）的解说。

总之，普洛大众文艺的斗争任务，是要在思想上武装群众，意识上无产阶级化，要开始一个极广大的反对青天白日主义的斗争。五四时期的反对礼教斗争只限于智识分子，这是一个资产阶级的自由主义启蒙主义的文艺运动。我们要有一个"无产阶级的'五四'"，这应当是无产阶级的革命主义社会主义的文艺运动，这就是反对青天白日主义。青天白日是所谓青天大老爷的主义。武侠和剑仙是一个青天大老爷，所谓祖国民族也是一个青天大老爷。宗法主义是这样，市侩主义也是这样，一切反革命的武断宣传都是这样："最高最完美的理想"只是——地上要有青天大老爷，天上也要有青天大老爷，于是乎小百姓有冤有处诉，有仇有人报，父父子子夫夫妇妇……安分守己的过活耕田经商做工，挣得一点家财，生个好儿子，中状元，做大官，或者上天报应，大发洋财，可以荒淫纵欲大享艳福；为着答报青天大老爷岳飞，包公，彭公等等的这样恩典起见，就要爱国……如果这些福气享不到，那么，就来一些劫富济贫的空谈，把强盗来当青天大老爷！反对这种青天白日主义的斗争，应当有一个广大的反帝国主义的国际主义，反封建宗法的劳动民众的民权主义和社会主义的文艺运动——苏维埃的革命文艺运动。

第四，怎么样去写？

怎么样去写普洛大众文艺？这并不是大众文艺的特殊问题。这是普洛文艺的一般创作方法的问题。谁要以为那些说书式的小说可以随随便便的写，那他就大错而特错了。

普洛作家要写工人，民众和一切题材，都要从无产阶级观点去反映现实的人生，社会关系，社会斗争。如果仅仅把几句抽象的理论，用说书的体裁来写出来，就可以当做文艺作品，那就根本用不着普洛文学运动，因为这只是通俗的论文。文艺作品应当经过具体的形象，——个别的人物和群众，个别的事变，个别的场合，个别的一定地方的一定时间的社会关系，用"描写""表现"的方法，而不是用"推论""归纳"的方法，去显露阶级的对立和斗争，历史的必然和发展。这就须要深切的对于现实生活的了解。

但是现在革命的作家之中，许多还保存着那种浮萍式的男女青年的"气派"。浮萍式的——因为他们在社会里是没有根蒂的，他们不但不知道工人贫民的生活，而且不知道一切有职业的人的生活。这大半是离开母亲和学校的怀抱之后，就立刻成为"欧化的"无业游民，这还不要紧，文学也可以做职业，革命也可以做职业。他们大半连从旁边去观察一下也不愿意的。他们是在等灵感的天才的神来之笔。他们所有的只是"天才"，只是"理论"，他们已经得到的是些归纳的结论，将要得到的还是些归纳的笼统的结论。用不着去观察，用不着去体验！现在我们固然正在克服这种主观主义，可是他的遗产还是会作祟的。

因此，很可能的是用一种轻率的态度来对大众文艺，——而这种轻率态度就可以使许多恶劣的资产阶级影响复活起来。这是不能够不预防的。当然，我在这里要说的只是最大概的的——也许是最粗鲁的说法：

（一）感情主义。从"五四"以来，所谓"民众"文学曾经在各种形式里表现过。洋车夫文学和老妈子文学，大约就是这十几年的成绩了。站在统治阶级剥削阶级的地位来可怜洋车夫老妈子，以至于工人，农民，这也会冒充革命文学。这种创作里的浅薄的人道主义，是普洛文艺所不需要的。文艺复兴初期的感情主义居然和世纪末的颓废主义碰了头，混合在一起作为"革命文学"，甚至于"普洛文学"的先锋。普洛文学要克服这种倾向，在普洛大众文艺里，尤其要防止这种感情主义的诉苦，怜惜，悲天悯人的名士气。

（二）个人主义。英雄主义的个人忽然象"飞将军从天而下"，落到苦恼的人间，于是乎演说，于是乎开会，于是乎革命，于是乎成功，——这种个人主义，"个人的英雄决定一切"的公式，根本就是诸葛亮式的革命。这样，甚至于党都可以变做诸葛亮，剑仙，青天大老爷！无产阶级的集体主义必须完全克服这种倾向。必须真切的理解群众的转变，群众的行动，群众的伟大的作用。个人只有在集体之中，作为集体的一分子，然后他的英勇，他的热心，他自己对于自己的个人主义的斗争，群众的克服他的个人主义……。——对于这些斗争的过程的理解，才能够把一切种种的变相剑仙和变相武侠肃清，而正确的显露无产阶级政党的集体的领导作用。

（三）团圆主义。才子中状元，佳人嫁大官，好人得好报，恶人得恶报……固然是团圆主义。可是，一切一厢情愿的关于群众斗争的描写，也是一种团圆主义。没有失败，只有胜利；没有错误，只有正确。这种写法，这种做法，也是一种团圆主义。这里，还会发生更加简单的公式主义：工人痛苦，革命党宣传，工人觉悟，斗争，胜利。有困难一定解决，有错误一定改正，一些百分之百的"好人"打倒了一些百分之百的"坏人"。无产阶级难道需要自己骗自己？更加要注意的是农民和兵士。这里，难道没有一点儿小资产阶级机会主义的幻想，冒险主义和盲动主义？无产阶级不需要欺骗自己，更不需要投降农民小资产阶级的"左"右机会主义！工人需要学习，在错误之中学习，主要的是在现实生活和斗争里学习。这才能增长斗争的力量，经验。

（四）脸谱主义。京戏里面奸臣画白脸，忠臣画红脸，小丑画小花脸……同样，可以把帝国主义，地主，资本家，工人，农民……一个个的规定出脸谱来。这不但可以，而且的确有人这样写！甚至于可以详细的说：布尔塞维克，孟塞维克，盲动主义者等等都可以有脸谱。反革命的一定是只野兽，只要升官发财，只要吃鸦片讨小老婆；而革命的一定是圣贤，刻苦，坚决等等……这种简单化的艺术，会发生很坏的影响。生活不这么简单！工人，劳动群众所碰见的敌人，友人，同盟者，动摇的"学生先生"，也不是这样纸剪成的死花样，而是活人。工人农民自己也是活人！反革命的人，一样会有自己的理想，自己的道德……假定在文艺之中尚且给群众一些公式化的笼统概念，那就不是帮助他们思想上武装起来，而是解除他们的武装。在这种简单化的概念之下，他们遇见巧妙一些的欺骗，立刻就会被迷惑，遇见复杂一些的现象，立刻就不会分析；他们将要永世不能够了解：精忠报国舍生取义的岳飞会是他们的最危险最恶毒的敌人。关于工农自己，也是同样的，这里，应当表现真正的生活，分化，转变，团结的过程，方才能够给布尔塞维克以教育。

埃及古代艺术上有一种所谓条件主义，——团圆主义和脸谱主义，就是这么一类的东西，把一切现实生活里的现象都公式化了，用来自己欺骗自己，或者欺骗别人。感情主义和个人主义，其实也是骗人和骗自己的浪漫谛克。无产阶级是资本主义社会里的最先进的阶级，他不需要虚伪，不需要任何的理想化，不需要任何的自欺欺人的幻想。"现实"用历史的必然性替无产阶级开辟最终胜利的道路。无产阶级需要认识现实，为着要去改变现实。无产阶级不需要矫揉做作的麻醉的浪漫谛克来鼓舞，他需要切实的了解现实，而在行动斗争之中去团结自己，武装自己；他有"现实的将来"的灯塔，领导着最热烈最英勇的情绪，去为着光明而斗争。因此，普洛大众文艺，必须用普洛现实主义的方法来写。这需要开始一个运动，一个为着普洛现实主义而斗争的运动。不然，那些资产阶级的影响将要使我们投降豪绅资产阶级的大众文艺。

第五，要干些什么？

现在的实际问题是：要开始实行普洛大众文艺运动，应当干些什么事？

这个问题，由上文所说的一切，已经可以给自然的结论：

（一）开始俗话文学革命运动——这是要完成白话文学运动的任务，要打倒胡适之主义，象现在要打倒青天白日主义一样。胡适之的白话定义是："说白之白，清白之白，黑白之白。"这理论已经种下了文言本位的改良主义，虽然适之自己做的文章倒还通顺。这所谓"白"仅仅是和戏台上的曲文对待的"说白"，是和模糊对待的"清白"，是和"堆砌涂饰"对待的"黑白"。现在我们需要的是澈底的俗话本位的文学革命。没有这个条件，普洛大众文艺就没有自己的言语，没有和群众共同的言语。这固然不是限于文艺范围的运动，但是普洛革命文学运动应当负起发动这个新的革命运动的责任，而和一切革命的文化组织共同的起来斗争，具体的办法是要争取完完全全的公开路线——要有一个一般的文化问题的杂志，尤其是学生读物的杂志，这种杂志应当分一部分的篇幅开始这个运动，来详细的研究中国俗话的文法，句法，批评一切所谓白话文章的绅士性质，批评反动的大众文艺的言语的死文字性质，从新的观点上来重新讨论翻译问题等等，发展这种讨论和研究到群众的文艺团体里去。

（二）街头文学运动——开始做体裁朴素的接近口头文学的作品：说书式的小说，唱本，剧本等等。这需要到群众中间去学习。在工作的过程之中去学习。即使不能够自己去做工人，农民……至少要去做"工农所豢养的文丐"。不是群众应该给文学家服务，而是文学家应当给群众服务。不要只想群众来捧角，来请普洛文学导师指导，而要去向群众唱一出"莲花落"讨几个铜板来生活，受受群众的教训。首先就要组织革命的"文学青年"——劳动青年，鼓动他们来实行这种街头文学运动。一批一批的打到那些说书的，唱小唱的，卖胡琴笛子的，摆书摊的里面，在他们中间谋一个职业。茶馆里，空场上……工厂里，弄堂口，十字街头，是革命的"文学青年"的出路。移动剧场，新式滩簧，说书，唱诗……这些是大众文艺作品发生的地方。"不跳下水去，是学不会游水的"。这里，将要有真正的机会去观察，了解，经验那工人和贫民的生活和斗争，真正能够同着他们一块儿感觉到另外一个天地。要知道：单是有无产阶级的思想是不够的，还要会象无产阶级一样的去感觉。这些"文学青年"也许不肯去，也许很少肯去，也许去了会有许多"临阵脱逃"，但是，文学青年不一定是贵公子，也有贫苦的；而且这个运动开始之后，工人青年之中，将要发现很多意料之外的天才，渐渐的他们会变成主体。

（三）工农通讯运动——要开始经过大众文艺来实行广大的反对青天白日主义的斗争，就必须立刻切实的实行工农通讯运动。举个例来说一说工人通讯员的运动罢。工人通讯固然并不限于文艺，而且主要的还是政治通讯，但是这是普洛文学的一个来源。文艺的通讯应当在一般的工农通讯员运动里去发展。在中国现在城市之中的条件之下，可以创办一种俗话报去吸收。这种定期刊物要公开的专销贫民区域。这可以在形式上并非报纸，而是一本连环图画，或者一集连环图画，时事唱本，时事短篇小说，批评当时的反动的大众文艺（影戏，新出的连环图画等）。工农通讯员将要是一种新的群众的文艺团体的骨干，这可以是很多种的小团体，在这种团体里面才能够得到现实生活的材料；反映真正群众的情绪，很确切的很具体的批评到武侠主义，民族主义，宗法主义，市侩主义的要点。工人和农民自己在这里将要学习到运用自己的言语的能力。而一般"文学青年"才能够学习到大众文艺所需要的智识。普洛文学将要在这种集体工作之中产生出自己的成熟的作品。

（四）自我批评的运动——为着普洛现实主义的斗争，必须实行更深刻的自我批评。对于过去错误的认识不诚恳不深刻，实际上是不能够纠正错误的，甚至于要掩蔽错误。缺乏革命者的认识错误的勇气，将要使我们在大众文艺方面仍旧重复旧的错误。那些非辩证法的，非唯物论的观点和倾向就不能够肃清。这里，具体的步骤就是要在文学报上开始关于大众文艺的讨论，开始关于一般创作方法的讨论。只有斗争，和一切不正确倾向的斗争，才能够锻炼自己的力量，才能够发展革命的普洛的文学运动。

普洛大众文艺的运动是一个艰苦的伟大的斗争，必须这样从各方面去努力，必须这样郑重的认真的刻苦的开始工作，克服一切可能的失败和错误，必须立刻回转脸来向着群众，向群众去学习，同着群众一块儿奋斗，才能够胜利的进行。而没有大众的普洛文学是始终要枯死的，像一朵没有根的花朵。

一九三一，十，二五。

"我们"是谁?

　　何大白的《大众化的核心》是最近讨论革命的大众文艺的第一篇文章。革命的和普洛的文艺自然应当是大众化的文艺,——这是谁都不否认的了。而且,普洛文学一开始的时候,就提出"大众化"的口号(一九三〇年三月出版的《大众文艺》杂志第二卷第三期"新兴文学专号"上就登载着文艺大众化座谈会的记录,还有许多人做的文章,都是讨论所谓"文艺大众化的诸问题"的)。可是,"大众化"的口号始终只是空谈,始终没有深刻的切实的研究,始终不去实行大众化的现实问题。为什么弄成这个样子?两三年来除出空谈之外什么成绩也没有!最主要的原因,自然是普洛文学运动还没有跳出智识分子的"研究会"的阶段,还只是智识分子的小团体,而不是群众的运动。这些革命的智识分子——小资产阶级,还没有决心走进工人阶级的队伍,还自己以为是大众的教师,而根本不肯"向大众去学习"。因此,他们口头上赞成"大众化",而事实上反对"大众化",抵制"大众化"。何大白的这篇文章就暴露出这一类的智识分子的态度,这使我们发见"大众化"的深刻的障碍——这就是革命的文学家和"文学青年"大半还站在大众之外,企图站在大众之上去教训大众。

　　何大白说:

> 我们的方法错误了么？不是。我们的口号太高了么？不是。我们的
> 文字太难了么？不是。……而大多数的群众依然不受我们的影响。

这里，何大白说的"我们"是谁呢！？他用"我们"和大众对立起来。
这个"我们"是在大众之外的。他根本不感觉到这个"我们"只是"大众"
之中的一部分。这样，所以他就不能够认识自己的错误，不能够抛弃"智识
阶级"的身份。这些错误在什么地方？第一，他说并不是"我们"的文字太
难了。这句话明明白白是错误的。现在的许多创作，文字都是很难的，不但
对于群众是难懂的文字，而且对于一切读者都是难懂的言语。这种文字是
五四式的所谓白话文，其实是一种半文言，读出来并不象活人嘴里说的话，
而是一种半死不活的言语。所以问题还不仅在于难不难，而且还在于所用的
文字是不是中国话——中国活人的话，中国大众的话。大白根本不了解这个
问题，因此，也就根本不了解澈底完成文学革命的任务。第二，他说并不
是"我们"的口号太高了。这的确不错。不过，还要进一步的说：实在因为
口号太低了！革命的政治口号要用文艺形式来传达，这是革命文艺的根本问
题，——这些政治口号并没有太高太低的问题。倒是文艺上反映这些政治口
号的时候，因为模糊和动摇的缘故，结果是曲解的也有，降低的也有。群众
并且要求革命文艺提出详细的具体的问题——从政治的直到日常生活，家庭
生活。而现在的革命文艺，却不能够满足群众的这种要求。所以应当说："我
们"的口号太低了。第三，他说"我们"的方法并不错误。这也是坚持错误
的态度。两年半以来的大众化运动丝毫成绩也没有，还要说自己的方法没有
错误！就说最近半年来的运动，也有许多地方仍旧是吃了方法错误的亏。
文艺大众化的运动必须是劳动群众自己的运动，必须在无产阶级领导之
下。一定要领导群众，使群众自己创造出革命的文艺，实行反对群众之中的
"林琴南"的斗争，就是实行反对武侠小说等类的一切种种反动文艺。这里，
包含着发动群众的文学革命的任务：打倒五四式的半文言，打倒旧小说的死
白话。这才是正确的道路；革命的大众文艺应当用现代的中国白话文，而且
是最浅近的真正白话文，创造广大的群众读物，销行到广大的贫民区域，经

常不断的批判一切反动的大众文艺，进行猛烈的反对绅商阶级的反动意识的斗争，发展工农兵士的通信运动，培养工人作家……自然，这里有许多困难，一定要有长期的艰苦的斗争。

然而何大白所认识的困难是什么呢？他所提出的克服困难的方法又是什么呢？他说：

> 第一重困难在大众自己，就是大众对于我们的理解有没有相当的准备。第二重困难在我们作者，就是作者对于大众的生活有没有充分的理解和同感。克服这些困难只有一条道路……就是作者生活的大众化。

作者生活的大众化自然是最中心的问题。可是，这句话说了三四年仍旧没有实现。如今还只说这么一句空洞的总话，当然等于没有答覆问题。现在必须更具体的详细的解决所谓生活大众化的问题。关于这个一般问题，我们已经做了另外一篇文章。这里，还有使我们应当严重注意的是：大白说"第一重困难在群众自己"！仿佛群众的程度"太低"了，根本就不能够理解革命，不能够理解革命文艺和普洛文艺。而事实上，也许群众比作者更加理解革命得多，群众自己在那里干着革命的斗争。正因为作者不理解革命，而且在文艺的形式方面和言语方面不肯向群众去学习，不肯承认自己的文字的艰难，——所以普洛文艺"依然不能够影响大多数的群众"。作者不肯走到群众里去，同着群众一块来创造新的文艺，反而要叫群众先去"相当的准备"一下，再来享受"艺术的天堂"里的福气！

何大白这篇文章充分的表现着智识分子脱离群众的态度，蔑视群众的态度。这种病根必须完全铲除；不然呢，文艺大众化的发展就要受着很大的阻碍。

自然，中国几万万劳动群众之中，甚至于大工业的无产阶级之中，还有许多人受着地主资产阶级的奴隶教育的束缚和欺骗，——反动的大众文艺正是这种奴隶教育的一种工具。因此，并不是每一个工人或者农民都是觉悟的。然而正因为如此，无产阶级的先锋队要用一切武器，以及文艺的武器，去进攻反动的思想。如果普洛文艺的作者，以为群众还没有"准备"，而同时又认为自己的文字，方法，口号都一些儿也没有错误，那么，自然只有等待群众程度的提高；而客观上，这种等待主义是把群众放在反动思想的影响之下。

"认识错误是克服和纠正错误的开始"，——我希望普洛文艺和革命文艺的同志，详细而具体的来讨论这个问题。

一九三二,五,四。

欧化文艺

"欧化文艺"这个名词，初听起来似乎有点儿奇怪。但是，中国的事实是这样：自从五四文学革命之后，正在很热闹的"提倡国货"的年头，却出现了一种新式的文艺，就是所谓欧化文艺；现在市场上，显然存在着两种不同的文艺：一种是中国旧式的文艺，一种是新式的欧化文艺。谁能够否认这种事实呢？

欧化文艺和旧式文艺之间的区别，表面上看来，仿佛只在形式方面，体裁方面。然而实际上，欧化文艺的特点，却在于它是资本主义时代的产物，它反映着资本主义的社会关系，它表现着许多新的现象，提出许多新的问题。欧洲中世纪时代的文艺形式，也和中国旧式文艺有许多类似的地方；这种欧洲中世纪式的文艺的消灭，也是由于资产阶级革命的胜利。而中国的资产阶级民权革命却受着了挫折，资产阶级民权主义的文化革命，同样遭着了资产阶级的叛变。"五四"初期的资产阶级倾向的新式欧化文艺，本来就包含了不少的买办性的成分，现在这种买办性就更加显露出来，——本来，中国的资本主义的社会关系是在帝国主义和买办阶级的支配之下生长出来的。资产阶级公开叛变革命之后，文艺战线上——尤其是欧化文艺之中发生了更明了更剧烈的阶级分化：一方面，资产阶级的欧化文艺在内容方面完全投降买办的封建的意识；别方面，无产阶级的文艺运动也从这里开始发展出来。所以革命的和无产阶级的文艺从所谓"欧化"开始，是自然的现象，这是中国的新的社会关系的反映，资本主义生产关系的反映。可是，文艺革命运动之中的领导权的斗争，是无产阶级的严重的任务。资产阶级，以及摩登化的贵族绅士，一切种种的买办，都想利用文艺的武器来加重对于群众的剥削，都想垄断文艺，用新的方法继续旧的愚民政策。

因此，文艺大众化的问题，就成了无产文艺运动的中心问题，这是争取文艺革命的领导权的具体任务。

因为新文艺——欧化文艺的最初一时期，完全是资产阶级智识分子的运动，所以这种文艺革命运动是不彻底的，妥协的，同时又是小团体的，关门主义的。这种运动里面产生了一种新式的欧化的"文艺上的贵族主义"：完全不顾群众的，完全脱离群众的，甚至于是故意反对群众的欧化文艺，——在言语文字方面造成了一种半文言（五四式的假白话），在体裁方面尽在追求着怪僻的摩登主义，在题材方面大半只在智识分子的"心灵"里兜圈子。初期的无产文学运动也承受了这些资产阶级的遗产。因此，它很久的和广大的群众隔离着。对于资产阶级，对于摩登化的绅士，那是不用说，——所有这些流弊都是当然的事情。他们本来就不要群众懂得什么文艺。他们本来就垄断了诗古文词两三千年。从前的名士用古文去"载道"，现在的名士可以用五四式的欧化文艺来发牢骚，反正都是一样的，都是和群众不相干的。从前的绅士，自己弄些诗余歌曲消遣消遣；另外还有凤阳花鼓，说书唱本，果报录，警世录等类的"文艺"，可以去玩弄群众，蒙蔽群众，恐吓群众。现在的"绅商智识分子"，自己发明的欧化的小说，诗歌，戏剧，弄些什么象征主义，表现主义，印象主义……等类的"魔道"玩耍玩耍；而另外还有武侠主义的连环图画，阶级妥协主义的时事小调……去迷惑群众，镇静群众，糟蹋群众。总之，统治阶级的文艺本来是脱离群众的，统治阶级的文艺政策总是用些恶劣的腐化的文艺在意识上来剥削群众的。中国资产阶级不能够完成民权革命在文化上的任务，它也绝对不愿意完成这种任务，而且正在反对民众自己的文化革命。而对于无产阶级，所有这些欧化文艺的流弊却是民众自己的文化革命的巨大的障碍。无产阶级应当开始有系统的斗争，去开辟文艺大众化的道路。只有这种斗争能够保证无产阶级在文艺战线上的领导权，也只有无产阶级的领导权能够保证新的文艺革命的胜利：打倒中国的中世纪式的文艺，取消欧化文艺和群众的隔离状态，肃清地主资产阶级的文艺影响。

民众自己的文艺革命的路线是革命文艺的大众化：一方面要创造革命的大众文艺，别方面要使革命的欧化文艺大众化。现在，革命的大众文艺大半还需要运用旧式的大众文艺的形式（说书，演义，小唱，故事等等），来表现革命的内容，表现阶级的意识。这种初期的革命的大众文艺，将要同着大众去渐渐的提高艺术的水平线。这正是打倒中世纪式的旧式文艺的道路，所谓"不入虎穴，焉得虎子"。而中国的民众，尤其是中国工人的先锋队，同时也需要利用世界无产阶级的经验，接受世界的文化成绩。对于革命文艺，只有在这个意义上，方才说得上所谓"欧化"。革命文艺的"大众化"，不但不和"欧化"发生冲突，而且只有大众化的过程之中方才能够有真正的欧化，——真正运用国际的经验。真正的"欧化"是什么？这是要创造广大群众的新的文字和言语，创造广大群众的新的文艺形式，——足以表现现代的无产阶级的社会关系的，足以使广大群众能够理解国际劳动群众的生活和斗争，理解国际的一般社会生活的。中国的新的文化生活——几万万群众的文化生活，固然要在残酷的政治经济斗争之中，才能够开辟自己的道路；可是，文艺战线上的斗争应当现在就在群众之中开展出去，准备着锻炼着自己的力量，反对着进攻着地主资产阶级等等的反动文艺的影响；这种文艺战线上的斗争，正是总的政治斗争的一部分。

关于运用旧的形式去创造革命的大众文艺的问题，已经有另外几篇文章说明过；现在我们只要简单的说明所谓欧化文艺的大众化的具体意义。当然，这里所说的欧化文艺只是革命的文艺。反动的欧化文艺的方针，自然有人在研究，用不着我们代劳的。

第一，新式的欧化文艺要能够达到群众方面去，首先就必须继续完成中国的文学革命，就要用真正的中国白话文，这是一般的问题，我们已经在《普洛大众文艺的现实问题》里说过，这里不再重复。主要的是：实现澈底的白话文学，坚决的肃清一切新旧文言的余孽，要使写出来的文字，在读出来的时候可以听得懂。自然，白话文也有浅近和深奥的分别。但是，即使是比较深奥的白话文，只要的确是用现代的白话做本位的，一般民众总有听得懂的可能。只有那种文言白话夹杂的文法，好像法文之中夹杂着极多的拉丁文文法似的，才是绝对不能够生存的一种文字。五四式的半文言正是这种杂种，——一般的欧化文艺现在多半是用的这种杂种话，——必须完全打倒才行。

第二，一切作品的体裁，也是很可以注意的问题。俄国普洛文学的历史上，也曾经发生过这个问题。"欧战前后的种种摩登主义的文艺形式（直到所谓未来派），已经反映着资产阶级文化的没落的过程；倒不如古典主义的平铺直叙的体裁，更加适宜于做无产文学的出发点"。中国的革命的欧化文艺，如果能够象《静静的顿河》那样，运用平常的不怪僻的形式，那么，它的影响一定更加容易传布到大众方面去。总之，作者应当顾到读者群众的要求，要使会读说书演义的大众，能够很容易的更进一步来读所谓欧化文艺。至于内容方面的大众化，这是关于题材，关于创作方法等等的一般问题，我们在《普洛大众文艺的现实问题》那篇文章里，已经说过。

第三，革命的无产文学的理论和国际革命文艺的创作，也都要用大众化的方法介绍到中国来。革命文艺的作品，必须用完全的白话，必须用完全的现代中国文的文法去翻译。这虽然是最浅近的最明显的问题，但是，现在不但有许多曲解原文的错误翻译，而且有好些文言白话夹杂的，中国文法和外国文法瞎凑的翻译。这当然是违背大众化的原则的。至于文艺理论的著作，那么，不但要用同样的方法翻译，而且尤其要编纂。问题是在于要传布这些理论到广大的群众中间去。所以要能够用浅近的中国白话文编辑许多文艺理论的常识丛书，编辑马克思列宁主义的文艺理论的书籍，使它们能够成为研究那些翻译过来的理论书籍的初步读本。自然，还要有系统的去研究中国广大群众之中对于文艺的许多旧观念，而加以解释，加以批评。这是要把马克思列宁主义的方法，实际的运用到中国的文艺现象上来，尤其是群众之中的文艺生活。

所有这些任务，都只是最初的步骤；这必须有实际的有计划有系统的工作。不然，又会变成没有用处的空谈。

总之，革命文艺和无产文艺的路线，是"同着大众提高艺术的水平线"，一定要为着文艺的大众化而斗争。一九二三年的时候，俄国的资产阶级文学家扎玛金曾经抱怨过："大抵的普洛文化诸君，都有革命的内容和反动的形式……普洛文化的艺术是暂向六十年代退却了。"现在中国的资产阶级以及小资产阶级的形式论者，大概也要以为大众化是所谓"反动形式"的复活，是要向《官场现形记》时代"退却"了罢！这一类的攻击和怀疑，我们是不怕的。我们必须克服这样的怀疑，而且必须用实际的工作去答覆敌人的攻击。

欧化文艺的大众化和革命大众文艺的创造，这是文艺战线上的两支生力军，它们的目的只有一个：用坚决的刻苦的斗争去消灭"非大众文艺"和"大众文艺"之间的对立和隔离。

一九三二，五，五。

"自由人"的文化运动
——答覆胡秋原和《文化评论》

《文艺新闻》在第四十五号上（一九三二年一月十八），发表了一篇"代表言论"，批评了《文化评论》第一期的所谓"真理之檄"，请他们脱掉那"五四"的衣衫。但是《文化评论》第四期上，我们看见了他们的答覆——却是说："我们并没有穿上，也没有要穿上五四的衣衫……"

那当然再好没有了。可是，胡秋原先生在《文化评论》上代表他们同人的"真理之檄"答覆《文艺新闻》的文章里，恰好事实上穿上了"五四"的衣衫，不但穿上，而且更加两只手揪住了它，唯恐怕人家去剥。原来"五四"并不是什么衣衫，而是……而是皮。剥皮，自然是很痛了——剥不得的！

首先要说明的是这个剥皮——脱衣衫的争论的中心问题。因为胡秋原先生的文章十分渊博，扯上了一大套高尚的理论，的确把问题的中心弄模糊了，所以必须先把这个中心提出来。不然，读着胡先生的文章，会觉得《文艺新闻》连一些根本的理论都忘记了似的。

问题的中心在什么地方？——《文化评论》和胡秋原先生认为自己是所谓"自由人"，认为现在要"自由人"的"智识阶级，负起文化运动的特殊使命"，来"继续完成五四之遗业"。而《文艺新闻》认为"当前的文化运动是大众的——是为大众的解放而斗争"，认为脱离大众而自由的"自由人"已经没有什么"五四未竟之遗业"；他们的道路只有两条——或者来为着大众服务，或者去为着大众的仇敌服务；前一条路是"脱下五四的衣衫"，后一条路是把"五四"变成自己的连肉带骨的皮。《文化评论》和胡秋原先生自己愿意走第二条路，这是他们"自由人"的自由。谁也不去勉强剥他们的皮。

然而胡秋原先生和《文化评论》的皮是什么东西？这是大众所需要知道的。

胡秋原先生现在说《文艺新闻》否认反封建的文化运动的任务，说《文艺新闻》对于列宁关于文化连续性之意见缺乏理解……这是事实的真相吗？胡先生自己也承认：《文艺新闻》在那一篇文章里说得很明白——"我们要在极大的动律之中，把封建意识的残余和变种的进棺材的速度，加紧的促进，在目前就实现"。胡先生引了这一段话，照理他就应当很直爽的承认：《文艺新闻》并没有否认现在的新的文化革命应当继续完成反封建的任务——民权革命的任务，因此，也就不会否认"文化的连续性"。但是，他却仍旧夹七夹八的胡缠一顿，硬说人家否认"反封建的文化斗争"。这是移开争论的中心，而避开直接的答覆。现在要答覆的正是：究竟是谁担负着反封建的文化革命——"是智识阶级的自由人"，还是工农大众？究竟是谁领导着这新的文化革命，是资产阶级，还是"无产阶级"？

固然，胡先生也承认了一些自己的错误，他说："我们说文化界完全是乌烟瘴气，未免忽视过去一切向光明者和我们自身的努力，是概念之笼统。"但是，这仅是概念之笼统吗？！不是的。只要看胡先生对于大众和阶级的态度。他引了《文艺新闻》关于"文化运动是大众的"……一大段话，接着他就说："语病未免太多了"，于是他又是夹七夹八，牛头不对马嘴的胡缠了一大顿。（例如，人家说从鸦片战争到现在，大众为着自己的解放而进行着，开展着文化的斗争，反帝国主义的斗争，说这个真理——这个事实的真相，也就是真正文化斗争的真相是在进到更加剧烈的前途；——可是，他却缠到了"真理……不过九十一年的历史"！）他就只会这样胡缠的搬出许多哲学上……的问题来教训人家，一个一个的把那些所谓"语病"分析着，而对于"大众的文化运动"这一点，他恰好"忘记了"，他半个字也没有答覆。他仍旧以为所谓文化运动，只是一切所谓"向光明者"和他们自己的努力。可是

144

一九二六—二七年就发动的伟大的民众的文化革命呢？从那时候起，五四时期在报章杂志上写的"非孝"，"反孔"，"解放妇女"，"打倒菩萨"，……以至于实现所谓"匪徒式"的政权，都在变成实际的大众的生活；到现在，已经过了三四年，已经在许多地方创造着新式的生活，新式的文化。难道这是"自由人"负起的使命吗？！难道这是资产阶级的智识分子——文化运动专家领导的吗？！这种真正伟大的群众的文化革命，肃清中国式的中世纪毛坑，而开辟革命转变前途的反封建反帝国主义的文化革命，正是胡先生所认为"不自由的，有党派的"阶级所领导的。

胡先生固然自己以为是历史的辩证法的唯物论者。但是，他对于阶级，对于党派，是十分的恐惧，唯恐玷污了他的"高尚情思的文艺"。他说："一切存在是合理的。"（黑格尔）"自然主义文学，趣味主义文学，浪漫主义文学，革命文学，普洛文学，小资产阶级文学，民族文学，以及最近的民主文学，我觉得都不妨让它存在，但也不主张只准某一种文学把持文坛。"问题当然不在于你让不让一切种种的阶级和文学存在。问题是在于你为着那一阶级的文学而斗争。而胡先生叫着："Hand off arts！"——不准侵略文艺！你是叫资产阶级，无产阶级……都不准侵略文艺？而事实上，中国的，以及东洋西洋的统治阶级，地主阶级或者资产阶级，都在用文艺做阶级斗争的一种武器。你的叫喊，事实上，说客气些，客观上是帮助统治阶级——用"大家不准侵略文艺"的假面具，来实行攻击无产阶级的阶级文艺。

不但如此。胡先生喜欢引列宁的话，那么，列宁说："真正相信自己是在推进科学的人，不会要求新的观点要有和旧的观点并存的自由，而要要求用新的观点去代替旧的。"而胡先生的"不准侵略文艺"的口号（注意：他的翻译是把 Hand off 的严厉的命令状，译成了"勿侵略"——"勿要侵略罢"的自由主义的劝告的口气），恰好是要求一个不大不小的"并存的自由"。这真是自由主义的自由人了！而"自由人"的立场，"智识阶级的特殊使命论"的立场，正是"五四"的衣衫，"五四"的皮，"五四"的资产阶级自由主义的遗毒。"五四"的民权革命的任务是应当澈底完成的，而"五四"的自由主义的遗毒却应当肃清！

在社会里面——根本还是金钱的权力，在社会里面——劳动群众穷困得要做叫化子，而少数富人做着寄生虫。在这种社会里面不会有真正的实在的"自由"。著作家先生，你是不是脱离着你的资产阶级出版家（书店老板）而自由的呢？是不是脱离着资产阶级的主顾……而自由的呢……生活在社会里面又要脱离社会而自由，这是不能够的。资产阶级的著作家，艺术家，演剧家的自由，只是戴着假面具的（或者是伪善的假面具的）去接受钱口袋的支配，去受人家的收买，受人家的豢养。

——《列宁文集》第七卷上册

此外，胡先生还说了许多话，都是用不着一句一句的和他去分辨的。他会找许多字眼上句法上的"语病"，而不会找着他自己的根本的立场。例如，他说《文艺新闻》把"行动和实践以至功利观念代替真理的观念"。为什么？仅仅只为《文艺新闻》说了一句："从行动中产生理论，理论必须要行于实践！"这里本来并没有丝毫忽视理论的意思。而胡先生说这是"实验主义的主张"。可是，马克思是"用群众的无产阶级的运动，竭力从这种运动之中去求得实际的教训。他向巴黎公社'学习'，一切伟大的思想家都是这样的，——他们不怕向被压迫阶级的伟大运动的经验去学习，随便什么时候都不会用那种迂夫子的教训态度来对付实际运动的"。（《列宁全集》第十四卷上册）至于胡先生，他在现在这种时期，"觉得在真挚行动之前，需要深切的研究。我们不赞成无理论的行动，如不赞成无行动的理论一样"。可见他和《文化评论》的根本立场，实在是：先研究理论然后再去行动。这真正要回到"五四"时期去了！——"'五四'还没有掀动伟大的民权革命"，"没有发展到一个普遍的深刻的民主革命"（！），一切都是"乌烟瘴气"，一切都要等"智识阶级的自由人"来重新开始——而在开始之前，"还需要深切的研究"呢。民众应当等待着。因此，可以对中国的一切寄生虫阶级说：放心些！这种教训民众的等待主义，就可以算得他们的"有理论的行动"了。

这就是"自由人"的文化运动的意义。

一九三二，五，一八。

文艺杂著

猪八戒——东西文化与梁漱溟及吴稚晖

　　高家庄的绣房里，熏着芸香，烧着银烛。天快亮了。那暖融融的被窝，喷香的枕头，还有……比当日猪圈"其实也不过如此"。猪八戒睡醒了，听着木鱼声远远敲来，愈敲愈近，不由得心惊肉跳。他连忙推醒了他的浑家，可是他浑家一弯手捧着他的猪耳朵，又睡去了。他缩着身体偎倚着，亦有些沉沉的……忽然"梵音一演，异类顿解"：

　　——"猪八戒，你这畜生，怎么如此沉迷不悟！"——他听着似乎是他师父唐三藏的声音。——"西天的途程……且不说。一切爱恋六尘，以至于'真美善是没有的，是幻执的。变起来只有苦趣。若妄执了再变下去，叫众生愈加的沉沦在苦海。不如反倒漆黑一团，虽说不到真美善，也就看不见伪丑恶。倘嫌漆黑一团气闷，不如努力把漆黑一团都灭绝了，成个正觉'，得证涅槃。你尽在此流连忘反，如何是了！？……"

　　他听一句，点一点头，似乎很有味的，谁知他点头不是领悟，是在打盹。早已睡熟了。唐僧没法，蹒跚踯躅，捧着破钵不住的在他洞房前茜纱窗下走着，好没意思……

　　十万八千里外，忽然一朵筋斗云，从空翻落，原来是孙行者。大声的喝道：

　　"蠢猪。老孙叫你上西天去，你逗留在此地做甚！……哼，我告诉你。

舒服不是在被窝里求的；真舒服须得真痛苦去换来。你道真美善没有？——那是因为你睡着。'真善美是有的，是无穷的，变起来终能较真又真，较善又善，较美又美。向前不歇的变下去，很好顽。从当初漆黑一团，变到现在的局面，虽极不满意，却正好再变。这变个不歇，并非多事。下棋人常有的事：——下得最好，也不恤随手乱却，检入子盒，从新再下。'你却走了一程，就已经灰心丧志，堕落至此。老孙没有别法对付你这蠢货，——你这怕变动的蠢货！我只有……"金箍棒一晃……

只听得豁朗一声——茜纱窗打得稀烂，琉璃瓶摔得粉碎……

猪八戒猛然惊醒，——原来一句话也没听见，——直吓得浑身急汗，簌簌的颤抖。他浑家忙着抚他的猪头，吻他的大耳，扑着他睡觉，口里念着二十世纪的《新中庸》，——定定他的心魂：

> ……数千年中国人的生活，除孔家外，都没有走到其恰好的线上，既非西洋又非印度。所谓第二路向固是不向前不向后，然并非没有自己积极的精神，而只是容忍与敷衍者。中国人殆不免于容忍敷衍而已，唯孔子的态度全然不是什么容忍敷衍，他是无入不自得。唯其自得而后这第二条路乃有其积极的面目。亦唯此自得是这第二条路的唯一的恰好路线。我们第二条路是意欲自为调和持中，一切容让忍耐敷衍，也算自为调和，但唯自得为真调和耳。……（梁漱溟）

猪八戒听着，知道这是"东西"哲……但是他想道："那就对了呀！不向前，不向后！师父叫我向后去，一切绝灭，——那多么冷静。混蛋的孙猴子叫我向前去，——那多么艰难。唉，始终还是中庸之道好。……"他不由得伸一伸懒腰，念道：

> "君子之中庸也，君子而时中；小人之反中庸也……无君子无以治小人。"

一九二三年十一月十五日。

这篇小说里，凡是''记号里的话都是抄袭吴稚晖先生之《一个新信仰的宇宙观及人生观》的，——见《太平洋》杂志第四卷第三号；——"不敢掠美，特此声明。"

——作者志。

美国的真正悲剧

　　德莱赛（Theodore Dreiser）现在是美国资产阶级的文坛所公认的大文学家了。但是，德莱赛的成名是很晚的。美国的资产阶级一向自以为"荣华富贵"，了不得的文明国家。对于德莱赛这类揭穿他们的黑幕的文学家，老实说是有点讨厌。但是，德莱赛自己虽然从不去追求什么声望，然而他的天才，像太白金星似的放射着无穷的光彩，始终不是美国式的市侩手段所掩没得了的了。现在，大家都不能够不承认德莱赛是描写美国生活的极伟大的作家。他的一部伟大的著作《美国悲剧》新近已经摄制了电影片子，甚至于中国的上海都已经开演过。自然，美国的资产阶级的电影界会把这种作品糟蹋得不成样子，以至于德莱赛不能够不提出抗议。可是，美国资产阶级对付德莱赛的手段，这还算是最客气的了。今年七月间光景，他到美国的煤矿区里去了一趟，他在那里所遇到的事情，所看见的情形，简直是一段很有趣的故事。

　　他去的煤矿区是美国宾息尔法尼亚省[1]（Pcnnsylvania）和沃海欧省[2]（Ohio）。那地方四万多矿工宣布了罢工，已经有几个月了。美国的几个煤业公司联合了起来反对罢工工人，斗争正在紧张的时候。在这煤炭大王的王国

---

[1] 宾夕法尼亚州。

[2] 俄亥俄州。

里，德莱赛住了几个礼拜，住在那种山谷中间的小房子里，亲眼看见矿工的痛苦生活，听见了许多矿工和他们的老婆儿女的诉苦；和工头，警察，兵士，审判官谈过许多次话。他回来的时候，有新闻记者去问他，他的手都发着抖写了几句话：

"我观察了美国几十年，我自己以为很知道美国。可是，我错了——我并不知道美国！……"

这是多么惨痛的愤怒的呼声！中国的留美博士，像胡适之，罗隆基，梁实秋之类的人物在《新月》上常常的写什么美国差不多人人都有汽车，什么中国人的生活比不上英美的家畜猫狗。他们自以为很知道美国了！可是，现在美国生活描写的极伟大的作家德莱赛告诉我们，他尚且错了。自然，宁可做英美家畜的人，是不会像德莱赛这样认错的。

德莱赛还没有把他在宾息尔法尼亚煤矿区看见的听见的写出来。他正在写着。他已经对美国资产阶级严厉的申明："我不能够不做声。"他现在要写的正是第二部《美国悲剧》，真正的美国悲剧。德莱赛始终看见了懂得了这个美国的真正悲剧。德莱赛亲眼看见所谓不偏袒的美国式的民权主义的官厅，他们的宪兵的铁蹄是怎样蹂躏面黄肌瘦的一群群的女人，他看见这些女人手里抱着的小孩是多么畸形，多么瘦得可怕。德莱赛对一个新闻记者诺尔茨说：

"要看见这样的情形，方才能够写第二部的《美国悲剧》。"

德莱赛看见了很多的事情。他看见了那些对着没有武装的工人群众扫射的机关枪，他看见了全副武装的警察宪兵，他看见了穿得破破烂烂的工人纠察队防备那些破坏罢工的人闯进矿坑去开工；这些破坏罢工的人，是资本家到别的地方去招来的。他还亲自受到所谓不偏袒的宪兵的威吓和教训。

在亚列克森州的一个小城市，叫做霍尔宁的地方，德莱赛去问一个宪兵：全国矿工总会的领袖菲列普史到什么地方去了，为什么忽然失踪，为什么一点儿消息也打听不出来。——这个菲列普史是工人群众很敬重的一个领袖。那个宪兵足足有六尺高，腰里带着很大的一枝手枪，他看都没有看德莱赛，只当不听见。德莱赛又问了一遍。

那宪兵吐了一口口沫，眼睛朝着天就骂起来了：

"滚你的蛋。你要知道他干什么？！"

"看看你们这些专制魔王的蠢相！还是矿工的经费养活这班东西呢。"

那宪兵没有懂得德莱赛的话，可是，他大概觉得这总是讥笑他的，他就大声的嚷着：

"你再不闭起你的鸟嘴，我立刻送你到铁笼子里去。"

那枝很大的手枪已经对准了德莱赛的鼻头。

"把我送进铁笼子里去？为什么？为了我问了你一句？"

那宪兵把德莱赛仔细的看了一下。他的眼界倒也不小，到处都去过，什么都见过。虽然德莱赛穿的衣服普通到极点，而且满身是煤和灰尘，可是德莱赛的外表始终有点儿和"灰色畜生"的矿工不同，所以那个宪兵觉得这一次不大对劲。要是一个普通的矿工，那就可以随便的逮捕，拷打，践踏。那个宪兵大概想了一下："知道这家伙是谁！也许是官厅或是公司里派来的。"

"你是什么人？"他已经比较的客气一点的问了一句。

德莱赛就说了自己的姓名。那宪兵的脸上，一点儿也没什么别的表示，他只是很高兴的说了一句："也许那个昏蛋菲列普史坐在亚列克森的监狱里呢。"

德莱赛又碰见了亚列克森的典狱官詹姆士·康。这位康先生是欧战时候的军官。他听见大文学家德莱赛到他办公室来见他，简直发慌得不得了，表示许多假意的殷勤。

殷勤的康先生露着两个门牙，像狗似的嘻着嘴，油光满面的笑着。他否认矿工的一切痛苦和艰难。他否认警察的一切暴行。他一切都否认。

"德莱赛先生，你相信我的话，这都是没有的事。我自己也是个矿工的儿子，我知道他们的脾气。他们总是唉声叹气的。他们这样惯了。现在更加放纵了。德莱赛先生，法律总是法律。法律是要尊重的。他们这里的人可不肯尊重法律。这样，就有的时候要出一点小事情。……你说起矿工有组织纠察队的权利……让他们在矿坑边逛好了。可是，德莱赛先生，等到他们要破坏私有财产的时候，那就只能够剥夺他们的这种权利。没有办法。他们自己不好。"

那个典狱官的秘书，很起劲的要想帮助康先生说服这个危险的文学家，证明警察没有什么暴行，他拿了一枝旧枪放在德莱赛的面前。

"德莱赛先生，你看：我们只不过用这种没有用处的枪朝天放放罢了！"

"可是，用这种'没有危险的枪'，居然打死了那个矿工齐迦里克！"德莱赛反驳他们。

典狱官在自己的脸上装出一副真挚的生气的神气：

"这是访员造谣。"他很坚决的声明，"我们方面的人，谁也没有打死齐迦里克。也许是他的同志之中有人把他打死的。"

这句话实在说得太做作，太虚伪了，所以他的秘书马上加了一句：

"我们特别检查了一次，先生，我们方面的人，谁也没有罪过。他们都是很正直很直爽的人，先生。"

德莱赛只有向他们鞠躬告辞了。

典狱官还特别加了几句话：

"你在你的将来的小说里面，一定要描写我了。你相信我的话，我不但是一个保卫法律的人，而且很喜欢艺术和书籍。你看这幅画。"他用手指着墙壁上挂的一幅很大的画。

那幅画据典狱官说，是画的基督劝告一个有钱的青年把自己的财产施舍给穷人。

"我每个礼拜天都到学校里去给小学生讲《圣经》。这是我买了要送给他们的礼物。"

德莱赛给他们说：所以这些事情，他都记在心上。我们大概可以在德莱赛的将来的小说里，看见这一位典狱官的尊容。他真是一只假道学的野兽，煤炭大王的走狗，他手里掌握着几万工人的性命。这几万工人的血汗差不多已经榨尽了，穷苦绝望到极点了。

德莱赛看见了这些工人。他住在他们的家里，吃了他们吃的东西。他们吃的面包，不知道是用什么草掺在面里做的，一半是面，一半是草屑。他亲自看见警察对着工人群众开枪。工人是去阻挡破坏罢工的人到矿坑里去。警察开枪的时候，打死了两个工人，十九个工人受了重伤躺在路上，还有警察放着流眼泪的毒气炸弹。他亲眼看见宪兵的马队践踏女人和小孩子，他在一个矿坑的口子边，看见女人身上的马蹄的印子。

工人都被公司里的人赶了出来，不准再住公司的工房，他们住在山窠里的洋铁篷里，住在马厩里，住在木棚里。他们留德莱赛住在他们家里，给他讲他们的生活。

德莱赛问一个工人：

"你在矿里做了几年了？"

"二十三年。我是美国矿工工人联合会的会员。"

"这是黄色工会呀，你知道吗？"

"那又有什么办法呢，别种工会在这个区域里又没有。"

"你赚的工钱也有时候可以够用吗？"

"从来也没有这种时候！我有四个小孩子。我总是不够的。"

"罢工以前，你的工钱是多少？"

"二十四块美金一礼拜。可是一分现洋也拿不到手的。十三元七角扣了做房钱，自来水和电灯的钱。其实工房并没有电灯。其余的钱，都是发的一种票子，只能够到公司办的商店里去买东西。"

"这种票子是不是和现钱一样价钱呢？"

"没有这么一回事。把这些票子打了八折卖出去，换了现钱到别的店里去买东西，还可以比煤矿公司商店里多买得多呢。"

"你们组织纠察队的权利，常常被破坏吗？"

"警察差不多天天开枪打我们，用马冲散我们，还要放毒气炸弹。"

"你们罢工已经有多少时候了？"

"两个半月。"

"还有多少时候可以支持呢？"

"如果外面有帮助来，准备坚持到底，坚持到胜利。"

德莱赛自己说这一类的谈话给了他很大的力量，对于他的小说可以有极大的帮助。这部小说将要是美国整个资产阶级的罪状。

德莱赛已经和资产阶级的美国决裂了。美国的资产阶级已经不能够有他这样的艺术家，也不需要他这样的文学家。

　　但德莱赛，却像一只老象，它在树林里走着，"一直向前，踏倒它路上的一切东西，随便什么也不能够引诱它走到旁边去。"（辛克莱说的）现在的德莱赛是个六十岁的婴儿，他的斗争已经不是孤立的了，已经是在一个新的立场上了，他的勇往直前的勇气应当比以前更加坚强了。

　　世界上有许多人等着要看他的第二部的真正的美国悲剧，当然，也就有些人听见这个消息头痛呢。

一九三一，十一，二十五。

王道诗话

"人权论"是从鹦鹉开头的。据说古时候有一只高飞远走的鹦哥儿，偶然又经过自己的山林，看见那里大火，它就用翅膀蘸着些水洒在这山上；人家说它那一点儿水怎么救得熄这样的大火，它说："我总算在这里住过的，现在不得不尽点儿心。"（事出《栎园书影》，见《胡适人权论集》序所引。）鹦鹉会救火，人权可以粉饰一下反动的统治。这是不会没有报酬的。胡博士到长沙去讲演一次，何将军就送了五千元程仪。价钱不算小。这大概就叫做"实验主义"。

但是，这火怎么救，在"人权论"时期（一九二九——一九三〇年），还不十分明白。五千元一次的零卖价格做出来之后，就不同了。最近（今年二月二十一日）《字林西报》登载胡博士的谈话说：

> 任何一个政府都应当有保护自己而镇压那些危害自己的运动的权利，固然，政治犯也和其他罪犯一样，应当得着法律的保障和合法的审判……

这就清楚得多了！这不是在说"政府权"了吗？自然，博士的头脑并不简单，他不至于只说"一只手拿着宝剑，一只手拿着经典"！如什么主义之类。他是说，还应当拿着法律。

中国的帮忙文人，总有这一套祖传秘诀，说什么王道仁政。你看孟夫子多么幽默，他教你离得杀猪地方远远的，嘴里吃得着肉，心里还保持着不忍人之心，又有了仁义道德的名目。不但骗人，还骗了自己，真所谓心安理得，实惠无穷。诗曰：

> 文化班头博士衔，人权抛却说王权，
> 朝廷自古多屠戮，此理今凭实验传。
> 人权王道两翻新，为感君恩奏圣明，
> 虐政何妨援律例，杀人如草不闻声。
> 先生熟读圣贤书，君子由来道不孤，
> 千古同心有孟轲，也教肉食远庖厨。
> 能言鹦鹉毒于蛇，滴水微功漫自夸，
> 好向侯门卖廉耻，五千一掷未为奢。

一九三三，三，五。

出卖灵魂的秘诀

几年前，胡适博士曾经玩过一套"五鬼闹中华"的把戏，那是说：这世界上并无所谓帝国主义之类在侵略中国，倒是中国自己该着"贫穷"，"愚昧"……等等五个鬼，闹得大家不安宁。现在胡适博士又发明了第六个鬼——叫做"仇恨"。这个鬼不但闹中华，而且祸延友邦，闹到东京了。因此，胡博士对症发药——预备向日本帝国主义上条陈。（见报载最近胡适博士的谈话）

据胡博士说："日本军阀在中国暴行所造成之仇恨，到今日已颇难消除，""而日本决不能用暴力征服中国。"这是值得忧虑的：难道真的没有方法征服中国么？不，照实验主义的哲学说，还是有法子的。这就是："日本只有一个方法可以征服中国，即悬崖勒马，彻底停止侵略中国，反过来征服中国民族的心。"

这据说是"征服中国的唯一方法"。不错，古代的儒教军师总说"以德服人者王"。胡适博士不愧为日本帝国主义的军师。但是，从中国小百姓方面来说，这却是出卖灵魂的唯一秘诀。中国小百姓原不懂得自己的"民族性"，所以他们一向会仇恨。如果日本陛下大发慈悲，居然采用胡博士的条陈，那么，所谓"忠孝仁爱信义和平"的中国固有文化，就可以恢复，因为日本不用暴力，中国民族就没有了仇恨，因为没有仇恨心，自然更不抵抗，因为不抵抗，自然更和平更忠孝……中国的肉体固然出卖了，中国的心灵也被征服了！可惜的是这"唯一方法"的实行，完全要靠日本陛下的觉悟。如果不觉悟，那又怎么办？胡适博士说："到无可奈何之时，真接受一种耻辱的城下之盟"好了。那真是无可奈何的——因为那时候"仇恨鬼"是不肯走的，这始终是中国民族性的污点。

为着要洗刷这个污点，所以胡适博士准备出席太平洋会议，再去"忠告"一次他们的日本朋友：征服中国并不是没有方法的，请接受我们出卖的魂灵罢！何况这并不难，只要实行李顿的"公平"报告，那就是"彻底停止侵略"——仇恨自然就消除了。

一九三三，三，二十二。

《子夜》和国货年

据说，今年是国货年。但是，今年出现了茅盾的《子夜》。

《子夜》里的国货大王——或者企图做国货大王的吴荪甫，"他有发展民族工业的伟大志愿，他向来反对拥有大资本的杜竹斋之类专做地皮，金子，公债，然而他自己现在却也钻在公债里了！"固然，国货可以"救国"，公债听说也可以"救国"，——然而这"救国"是怎么样的救法呢？譬如说，《子夜》里的公债大王——银钱业大王老赵就比他厉害。问题原很简单：救国必先齐家，齐家必先修身。这种治国平天下的顺序，孔夫子就已经说过的了。对于这些种种"大王"，首先要有利润，直接的间接的剥削剩余价值，作为他们的"修身"之用。谁善于"修身"，谁就可以有"救国"的资格。公债等等有这样的功效，自然要钻在公债里去，这显然不在于志愿伟大与否。于是国货就倒霉了。"凡是名目上华洋合办的事业，中国股东骨子里老老实实都是捐客！老赵就厉害煞，终究只是捐客。"其实何止华洋合办的企业呢，就是名目上完全华商的工厂，背地里的主人也会是洋资本家的，例如《子夜》里的周仲伟——火柴厂"老板"。（今年是更新鲜了，有些华商工厂，事实上变成了日货的改装打包工厂了。）国货既然倒霉，国货大王吴荪甫就只有投降，这是他的出路，而且他觉得这"投降的出路，总比没有出路好得多罢！"

好，投降是决定的了。可是，就投降老赵——那个"同美国人打公司的"

老赵吗？老赵"勾结了洋商，来做中国厂家的抵押款，那他不过是一名掮客罢了；我们有厂出顶，难道不会自己找原户头，何必借重他这位掮客！"这所谓原户头——"假想中的主顾有两个：英商某洋行，日商某会社"。这就不是那么简单的投降问题。受降的主顾那么多，又都是世界上的头等恶霸，岂有不互相打得头破血淋的道理。不过这些恶霸也不这么蠢，他们各有各的小狗，先叫小狗之间互相打几场，借此看看风头，比比力量。他们自己直接开火的时机暂时还没有到，却先让中国来做"狗"的战场。形势自然十分复杂，中国的"人"当然吃尽了苦头。

中国的这些"人"在《子夜》里，大半还在"狗"的愚弄，欺骗，压迫之下，然而他们已经在奋斗，在抵抗。他们的弱点大半不在自己的不要抵抗，而在不善于跳出"狗"的一切种种阴谋的圈套，以及一切种种间接的，或者间接而又间接的狗意识的影响。例如，明明还只是子夜，而居然以为天已经大亮了，甚至于太阳又要落山了，于是拼命的赶路，唯恐怕夜再来之后，就永久不见天日了。这当然不是个个人都这么想。这只是冲在大众前面的一些人。大众在实践里学习着。大众的斗争虽然还没有打倒那些洋货的国货的各种大王，然而已经像潮水似的涌上来。尤其是《子夜》所写的那时候，是有一阵汹涌的浪潮，后来才暂时退了些。这种浪潮时时刻刻激动着，从这里推到那里，即使有些起落，而冲破一切的前途是明显的。那些狗用尽一切手段来镇压这个浪潮，假装着吉诃德老爷式的"国货奋斗"，不过是这些手段之中的一个。无论是吴荪甫，无论是老赵，是周仲伟——这些种种色色的大王，城里的，乡下的，都是很担心的。像冯云卿那样的地主，他不能够不躲到上海来做公债，以至出卖自己的女儿，睁着眼睛看自己的姨太太不三不四的胡闹。而上海虽然比较稳当，也在成天闹着工潮，国货大王在睡梦里也不能够安宁，时常梦见工人的"烧厂"，推翻他的宝座。

这对于他们——互相排挤着的他们——自然不是什么理想的天堂。他们，连并不留恋顽固的乡村生活的"工业家"也在其内，都要和"营长切实办交涉，要他注意四乡的共匪"。他们又要勾心斗角地对付工人，要想"一网打尽那些坏家伙"。他们"身边到处全是地雷！一脚踏下，就轰炸了一个！"……他们的"威权已处处露着败象，成了总崩溃！……身下的钢丝软垫忽然变成了刀山似的"。是的，他们的处境的确是这样，虽然总崩溃还不是目前，虽然刀的刀尖还没有戳穿他们的咽喉。

在他们的周围盘旋着的，固然也有个把屠维岳，——有点儿小军师的手段，会用一些欺骗的挑拨的把戏，不过连他也始终只能够"加派一班警察来保护工厂"。而屠维岳之外，还有些什么人材？空谈的大学教授，吃利息的高尚诗人，这只是一些社会的渣滓。连自以为钢铁似的吴荪甫本人，也逐渐地变成了"色厉内荏"，说不出的颓丧，懦怯，悲观，没落的心情。

从另一方面来说，那些五年前参加五卅运动的智识青年，现在很有些只会"高坐大三元酒家二楼，希图追踪尼禄（Nero）皇帝登高观赏火烧罗马城那种雅兴了"。所有这些，差不多要反映中国的全社会，不过是以大都市做中心的，是一九三〇年的两个月中间的"片断"，而相当的暗示着过去和未来的联系。这是中国第一部写实主义的成功的长篇小说。带着很明显的左拉的影响（左拉的"L'argent"——《金钱》）。自然，它还有许多缺点，甚至于错误。然而应用真正的社会科学，在文艺上表现中国的社会关系和阶级关系，在《子夜》不能够不说是很大的成绩。茅盾不是左拉，他至少已经没有左拉那种蒲鲁东主义的蠢话。

这里，不能够详细的说到《子夜》的缺点和错误，只能够等另外一个机会了。这里所要指出的，只是中国文艺界的大事件——《子夜》的出现——很滑稽的和所谓"国货年"碰在一起。一九三三年在将来的文学史上，没有疑问的要记录《子夜》的出版；国货年呢，恐怕除出做《子夜》的滑稽陪衬以外，丝毫也没有别的用处！——本来，这是"子夜"，暗红的朝日没有照遍全中国的时候，哪里会有什么真正的国货年。而到了那时候，这国又不是"大王"们的国了，也不是他们的后台老板的国了。

关于女人

　　国难期间女人似乎也特别受难些。一些正人君子责备女人爱奢侈，不肯光顾国货。就是跳舞，肉感等等，凡是和女性有关的，都成了罪状。仿佛男人都成了苦行和尚，女人都进了修道院，国难就得救了似的。

　　其实那不是她的罪状，正是她的可怜。这社会制度，把她挤成了各种各式的奴隶，还要把种种罪名加在她头上，西汉末年，女人的眉毛画得歪歪斜斜，也是败亡的预兆。其实亡汉的何尝是女人！总之，只要看有人出来唉声叹气的不满意女人，我们就知道高等阶级的地位有些不妙了。

　　奢侈和淫靡只是一种社会崩溃腐化的现象，决不是原因。私有制度的社会本来把女人也当做私产，当做商品。一切国家，一切宗教，都有许多稀奇古怪的规条，把女人当做什么不吉利的动物，威吓她，要她奴隶般的服从；同时又要她做高等阶级的玩具。正像正人君子骂女人奢侈，板着面孔维持风化，而同时正在偷偷的欣赏肉感的大腿文化。

　　阿拉伯一个古诗人说："地上的天堂是在圣贤的经典里，在马背上，在女人的胸脯上。"这句话倒是老实的供状。

　　自然，各种各式的卖淫总有女人的份。然而买卖是双方的。没有买淫的嫖男，那里会有卖淫的娼女。所以问题还在卖淫的社会根源。这根源存在一天，淫靡和奢侈就一天不会消灭，女人的奢侈是怎么回事？男人是私有主，女人自己也不过是男人的所有品。她也许因此而变成了"败家精"。她爱惜家财的心要比较的差些。而现在，卖淫的机会那么多，家庭里的女人直觉地感觉到自己地位的危险。民国初年就听说上海的时髦总是从长三堂子传到姨太太之流，从姨太太之流再传到少奶奶，太太，小姐。这些"人家人"要和娼妓竞争——极大多数是不自觉的，——自然，她们就要竭力的修饰自己的身体，修饰拉得住男子的心的一切。这修饰的代价是很贵的，而且一天天的贵起来，不但是物质的代价，还有精神上的。

美国的一个百万富翁说："我们不怕……我们的老婆就要使我们破产，较工人来没收我们的财产要早得多呢，工人他们是来不及的了。"而中国也许是为着要使工人"来不及"，所以高等华人的男女这样赶紧的浪费着，享用着，畅快着，那里还管得到国货不国货，风化不风化。然而口头上是必须维持风化，提供节俭的。

一九三三，四，十一。

真假堂吉诃德

西洋中古时期的武士道的没落，产生了堂吉诃德那样的戆大。他其实是个十分老实的书呆子。看他在黑夜里仗着宝剑和风车开仗，的确傻相可掬，也只觉得他可怜可笑。

然而这是真吉诃德。中国的江湖派和流氓种子，却会愚弄吉诃德式的老实人，而自己又假装着吉诃德的姿态。《儒林外史》上的几位公子，慕游侠剑仙之为人，结果是被这种假吉诃德骗去了几百两银子，换来了一颗血淋淋的猪头，——那猪算是侠客的"君父之仇"了。

真吉诃德的做傻相是由于自己的愚蠢，而假吉诃德是故意做些傻相给别人看，想要剥削别人的愚蠢。

可是，中国的老百姓未必都是这么蠢笨，连这点儿手法也看不出来。

现在的假吉诃德们何尝不知道大刀不能救国，他们却偏要舞弄着，每天"杀敌几百几千"乱嚷，还有人"特制钢刀九十九柄赠送前敌将士"。可是为着要杀"猪"起见，又舍不得飞机捐。于是乎"武器不精良"的宣传，一面变成了节节退却或者"诱敌深入"的注解，一面又借此搜括一些杀猪经费。可惜前有慈禧太后，后有袁世凯！——清末的兴复海军捐变成了颐和园，民四的"反日"爱国储金变成了征讨当时的革命军的军需。现在这套把戏实在太欠新鲜，谁不知道。——不然的话，还可以算是新发明。

现在的假吉诃德们，何尝不知道"国货运动"振兴不了什么民族工业，国际的财神老爷扼住了中国的喉咙，连气也透不出，什么"国货"都跳不出这些财神的手掌心。然而"国货年"是宣布了，国货商场是成立了，像煞有介事的，仿佛抗日救国全靠一些戴着假面具的买办多赚几个钱。这钱还是牛马猪狗身上去剥削来的。不听见增加生产力，劳资合作，共赴国难的呼声么？原本是不把小百姓当人看待，而小百姓做了牛马猪狗仍旧要负"救国"责任。结果自然应当拼命供给自己身上的肉给假吉诃德们吃，而猪头还是要斫下了（挂出去）示众，以为"捣乱后方"者戒。

现在的假吉诃德们，何尝不知道什么"中国固有文化"咒不死帝国主义，无论念几万遍"不仁不义"或是金光明咒，也不会触发日本（三岛）的地震，使它陆沉大海。然而他们偏要高喊"民族精神"，仿佛得了什么秘诀。意思其实很明白，是要小百姓埋头治心，多读修身教科书。这固有文化本来毫无疑义：是岳飞式的奉旨不抵抗的忠，是朗诵"唤起民众"而杀之的孝，是斫猪头吃猪肉而又远庖厨的仁爱，是遵守卖身契的信义，是"诱敌深入"的和平。其实"固有文化"之外又提倡什么"学术救国"，引证西哲菲希德之言等类的居心，又何尝不是如此。

假吉诃德的这些傻相，真教人笑不出哭不出；你要认真和他辩驳，当真认为可笑可怜，那就未免傻到不可救药了。

一九三三，四，十一。

择吉

中国的算命先生最善于替人家"看日子"。讨老婆，出殡，安葬，开工等等都要挑选吉日。这叫做择吉。中国的什么纪念日，大概也是用了择吉的法子挑选出来的。

一九一五年五月七日，日本对中国提出了"二十一条"的最后通牒，限四十八小时内答覆，所以五月九日袁世凯政府就答应了日本的要求，"签订了辱国条约"。于是乎就为难了，纪念"五七"呢还是"五九"？挑选的结果，北方是纪念"五七"，这是说日本不顾"国际公理"；而南方纪念"五九"，这是说袁世凯卖国，勾结日本。当时是北方代表反动，南方代表革命，北方的吉日是"五七"，因为这似乎可以开脱一些袁世凯的罪名；而南方的吉日是"五九"，因为要着重的指出卖国贼的罪状。现在"南北统一"了，究竟哪一个是吉日呢？今年索性都不准纪念了，而日本正在用枪炮实行二十一条，而且超过了十倍还不止。大概就因为二十一条反正已经实现了罢，所以只有"华租两界加紧防范反动分子利用'五七''五九'，施行捣乱，故宣布特别戒严"云云。这样，似乎"五七""五九"都不是吉日了。虽然"国耻"的官样文章还在做着。

现在新的择吉问题却是"五五"。"五五"是马克思的生日，又是去年上海停战协定签字的日期，又是十二年前（一九二一年）孙中山先生就任非常大总统的纪念日。究竟纪念什么呢？最近的纪念自然是去年的上海协定，但是现在是只能够纪念"一二八"日本向闸北开炮的日子，不能够纪念"五五"签订缓冲区协定的盛典。这理由很明显，就是这"并非辱国条约"！至于马克思生日，那不用说，中国比马克思自己的祖国还"先进"：我们这里早就禁止纪念了，而德国直到今年才由法西斯蒂政府宣布禁阅马克思的书籍。最后，当然是非常大总统就任的"五五"是值得纪念的吉日了。然而我们觉得很怀疑，最近一位"在野的"要人说："民众无政治智识，致政权为少数人所操纵，以前之选举，即其明证，故必须……训政。"十二年前选举非常大总统的时候，当然还没有经过训政，那时的非常国会，选举非常大总统的，不是由"无政治智识的民众"选出来的吗？当时的选举不是"为少数人所操纵"的吗？少数人所操纵的无政治智识的民众选举非常大总统的日期，似乎不见得"吉"。那真是为难极了。幸而好，"五五"除开上述三个纪念之外，还有第四个纪念，这就是一九三一年南京召集的国民会议开幕日，那次国民会议议决了"训政约法"，选举了国民政府主席，宣布了中国的"完完全全的统一"，"建设时期"的开始，大举剿匪的誓师……懿欤盛哉！虽然那年就有了"不凑巧"的"九一八"，似乎有点"不祥"，但是，其实也在"建国"纲领之内的，要知道"九一八"是大亚细亚主义实现的开始呵。

一九三三年。

"打倒帝国主义"的古典

"打倒帝国主义"的口号曾经通行过几年，当时甚至于将军和绅士都为着要变成忠实同志或是"革命军人"起见，也高喊过的。可是这个口号的历史十分曲折。

最初，大概是一九二一年，有一个"过激派"的杂志上提出了这个口号，没有什么"人"注意。可是，不久这口号就渐渐的传播了出去，一些革命的"学生子"开始研究什么是帝国主义，懂得五四革命运动其实就是反帝国主义的，虽然还不彻底。这风气一起来，胡适博士就大起恐慌。一九二二年间，胡博士用什么"实验主义"证明"帝国主义"是"海外奇谈"，他说反帝国主义就是反对西洋文化，有些义和拳的气味。然而胡博士的"权威"并没有多大力量。这口号还是在流行出去，而且越流越广，甚至于什么矿坑里也看见这一类的标语。

一九二三年就出了这么一段故事：一位前参议院议长某先生说，过激派提出这个口号，目的是在挑拨"友邦"的恶感，陷害中国的老牌革命党，使它在外交上孤立。另外一些人就说：原先的"富国强兵"，五四时期的"外抗强权"，本来也都是"打倒帝国主义"的意思，那些旧口号是民众容易懂得的，现在何必又提出这种新鲜的口号。仿佛嫌它太欧化，"比天书还难懂"。

然而不久，一九二五年的五卅运动来了，只两三天工夫，"打倒帝国主义"的口号传遍了上海的工人区和贫民窟，衖堂口会发现画在那里的乌龟底下有小孩子写的"帝国主义"的字样。马路上可以听到"打倒帝国主义"的五更调。不到两年，这口号就变成了奉旨照准的标语。其实这是因为民众并不嫌它难懂了，而且懂得"太厉害了"，所以必须照准，以便加以曲解和利用。"五卅"是这样过去的。

后来，民众有点倒霉了；于是可以重新公开的欢迎洋大人，广州市上用黄土铺道恭迎香港总督金文泰的时候，特派三百名夫役洗刷墙壁上的"打倒帝国主义"。这样准备着"五三"的来到。一九二八年五月三日那天，日本帝国主义把"代表中国国家的"交涉员捉去，割掉了鼻子和耳朵，挖掉了眼睛，后来听说连尸首也没有找着。然而"打倒帝国主义"却听不得，相反的，中国的"国家"不但不生气，还和日本订立了"最惠的"关税协定。足见得"打倒帝国主义"的口号，又从奉旨照准变成了"反动的"了。

所以今年纪念"五卅"，"五三"，"五四"等等的时候，就有一位要人出来说："标语口号的年代早已过去的了……越是沉默越是坚决。""打倒帝国主义"的口号应当"没落"，沉默主义"万岁"！

可是，你不要以为这口号完全没有用了。相当的用处还是有的，譬如仅只在屋子里喊喊之类。今年"五一"的时候，要人们所指挥的"工会"发表了"告工友书"，是说中国工人要打倒帝国主义的，因为"中国工人只受外国资本家的压迫和侵略"。还有人说：中国工人没有外国工人那么苦。这仿佛很义气的替外国工人打"抱不平"，像要打倒帝国主义似的。然而谁都知道这些话是"话中有话"的，意思倒是着重在中国工人不应当反抗本国资本家的"有理的"压迫。这种奸猾的运用口号和纪念的手段，倒是十分巧妙的"艺术"。

中国的"打倒帝国主义"的口号如果是一个活人，它的古典和历史倒像一部很有趣的小说。水浒上有真假李逵打架的故事，中国的"打倒帝国主义"也是假的和真的在这里相打。真正要打倒帝国主义的，只有劳动的民众。

鬼脸的辩护——对于首甲等的批评

去年年底，芸生在《文学月报》上发表了一篇诗，是骂胡秋原"丢那妈"的，此外，骂加上一些恐吓的话，例如"切西瓜"——斫脑袋之类。胡秋原究竟是怎样一个人，我们不想在此地来说，因为对于这个问题其实不关重要。问题倒发生于鲁迅给《文学月报》一封信说"恐吓辱骂决不是战斗"，而署名首甲，方萌，郭冰若，丘东平的四个人就出来判定鲁迅"带上了极浓厚的右倾机会主义的色彩"（《现代文化》杂志第二期）。

首甲等对于恐吓和辱骂的辩护是：

（一）"革命的工农确实没有吓人的鬼脸"，然而"这是对某一阶级同情者说的，对别一阶级即使你再斯文些，在他看来，无论如何都是吓人的鬼脸"，因此，恐吓"有什么不可以？！"

（二）"一时愤恨之余的斥骂，也并不怎样就成为问题，而且也无'笑骂'与'辱骂'的分别。只要问骂得适当与否，并不是'丢那妈'就是辱骂，'叭儿狗'就是笑骂。……"

这是说恐吓和辱骂也算战斗，而且不这样就会变成"文化运动中和平主义的说法"，就是"戴白手套的革命论"！

革命当然要流血的，然而嘴里喊一声"斫你的脑袋"还并不就是真正革命的流血。何况文化斗争之中，就是对付正面的敌人，也要在"流血"的过程里同时打碎他们的"理论"的阵地。当你只会喊几声"切西瓜"的时候，就要被敌人看做没有能力在理论上来答辩了，而一般广大的群众并不能够明白敌人"理论家"的欺骗。国际的革命思想斗争的经验告诉我们：几十年来没有一次是用"切你的西瓜"那样的恐吓来战胜反动思想和欺骗的理论的！这种恐吓其实是等于放弃思想战线上的战斗。剥削阶级明明知道革命对于广大的小资产阶级群众，并不是吓人的鬼脸，而他们为着要吓退正在剧烈的革命化的群众，故意要造谣，污蔑，诬陷。敌人所造作的那些"放火杀人"之类的谣言，正是要把这种鬼脸硬套在先进的工农头上，——敌人的可恶就在于他们故意把只对于自己有害的革命说得像魔鬼似的，仿佛要吃尽一切活人。现在有人出来多喊几声"斫"和"切"，那就很像替敌人来证实那些诬陷。首甲等的说法是：对于剥削阶级，革命反正都是"吓人的鬼脸"，因此多扮些吓人的鬼脸，"有什么不可以！"这对于革命的队伍是极有害的空谈。革命的工农不能够不宣布首甲等的意见决不是他们的意见。

所以说"恐吓绝不是战斗"的鲁迅决没有什么右倾机会主义的色彩，而自己愿意戴上鬼脸的首甲等却的确是"左"倾机会主义的观点。

至于"丢那妈"之类的辱骂，那更是明显的无聊的口吻。首甲等把胡秋原认为革命的贩卖手，但是他们却喜欢和胡秋原较量骂人的本领。胡秋原骂什么"人首畜鸣"，"人类以下的存在"，而首甲等就说骂"丢那妈""并不比胡秋原……更为无聊"。何以胡秋原无聊，而首甲等就拥护同等无聊的回骂呢！？他们说："伊里奇在许多理论著作上，尚且骂考茨基为叛徒。"然而"叛徒"和"丢那妈"是绝对不同的。"叛徒"有确定的政治上的意义，而且考茨基的的确确是叛徒。而芸生的"丢那妈"，却不会损害着胡秋原反动理论的分毫。芸生和首甲等的错误，决不在于他们攻击胡秋原"过火"了，而在于他们只用辱骂来代替真正的攻击和批判。我们分析某种论调，说它客观上替剥削阶级服务，或是削弱革命的力量，把这些"理论家"比作"走狗"，"叭儿狗"，——这都有确定的意义的，虽然是笑骂的字句，而表现着批判的暴露的意义。至于"丢那妈"，以及祖宗三代牵缠着辱骂，却只是承受些封建宗法社会的"文化遗产"的弱点，表示些无能的"气急"。

新的社会主义国家里，群众自己用社会的舆论的制裁克服这类的恶习惯，认为这是文化革命的一种任务；而首甲等，自命为负起文化革命责任的人们，却以为必须这样辱骂才不右倾！而且还要问骂得适当与否！在理论的战斗之中，无论对于什么人，无论是保皇党，是法西斯蒂，这种辱骂都不会是"适当"的。这固然并不是什么大问题，——暂时，在下层民众受着统治阶级的文化上的束缚的时候，他们往往会顺口的把这种辱骂当做口头禅，——然而"革命诗人"要表示"愤恨"的时候，他还应当记得自己的"革命"是为着群众，自己的诗总也是写给群众读的，他难道不应当找些真正能够表现愤恨的内容的词句给群众，而只去钞袭宗法社会里的辱骂的滥调？！除非是只想装些凶狠的鬼脸，而不是什么真正的革命诗人，才会如此。

所以鲁迅说"辱骂决不是战斗"是完全正确的。替这种辱骂来辩护，那才不知道是什么倾向的什么主义了。可以说，这是和封建"文化"妥协的尾巴主义。

首甲等自己说，要"以尖锐的词锋揭破穿着漂亮外衣的奸细"。然而他们在自己所拥护的芸生的诗篇里，却只举出"丢那妈"作为尖锐的词锋。他们说普洛文化运动的任务不应当降低，说"我们的诗人"应当与斗争的实践联系。但是，他们所谓诗和斗争之间的联系却只是写几句"切西瓜"之类的句子。这种恐吓和辱骂显然不能够揭穿什么奸细的漂亮外衣，显然反而降低了普洛文化运动的任务。他们拥护这样的立场，也就不会有"健全的阶级意识"。的确，他们的立场是离开真正的战斗，而用一些空洞的词句，阿Q式的咒骂和自欺，来代替战斗了。

我们认为鲁迅那封"恐吓辱骂决不是战斗"的信倒的确是提高文化革命斗争的任务的，值得我们的研究；我们希望首甲等不单在口头上反对"左"倾关门主义和右倾机会主义，而能够正确的了解和纠正自己的机会主义的错误。

慈善家的妈妈

　　从前有一位慈善家，冬天施衣，夏天施痧药，年成不好还要开粥厂。这位员外的钱从哪里来的呢？或是高利贷，或是收租，或是祖宗刮下来的地皮。不用说，这是一位伪善的人道主义者。他周济着一班穷光蛋，有机会就叫他们做工，拔草呀，车水呀，扫除马粪呀，修理屋顶呀。穷光蛋们只知道感激他，向来没有想到问他算工钱。其实，要是算起来的话，决不止一件破棉袄，几碗稀粥的。他倒沾着便宜，还得了善士的名声。后来，这西洋镜有点儿拆穿了。

　　但是，这时候来了一位侠客，雄赳赳的，手里仗着一把宝剑，据他自己说，这是"切西瓜"用的。他说他看透了那位慈善家的虚伪。他愤恨极了，就跑上慈善家的大门，破口大骂了一通，还拔出宝剑来说："我要切你的西瓜！"一些穷光蛋反而弄胡涂了：为什么慈善家的头应当拿来当西瓜切。问问侠客，侠客说：

　　"吓，吓，吓，……他，他，我丢他的妈，他妈跟我睡觉！"

　　"他妈跟你睡觉，他又该当何罪？"

　　"他，他，他昏蛋极了……我，我□他的祖宗！……该杀的东西！"

　　侠客实在愤激得说不清白什么理由。侠客以为只要话说得"粗鲁"些，穷光蛋就会懂得。然而他们不会了解慈善家的"妈跟人睡觉"，慈善家自己就立刻该杀；他们更不明白"该杀"就等于伪善的"凭据"。侠客自己的胡涂，要害得穷光蛋们更加胡涂，甚至于更加同情那位伪善家。

慈善家的虚伪，和他妈的不贞节或者恰好跟那位侠客睡了觉，是完全不相干的。穷光蛋们自己里面的明白人，应该详细的说明慈善家虚伪的事实，说明这世界里的种种假面具。

对于这样的慈善家，像侠客那样的手段是不行的，何况对于比慈善家更细腻的人物呢。

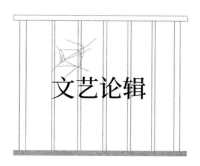

文艺论辑

上海战争和战争文学

　　文学对于战争的态度是一个极严重的问题。一九一四年到一九一八年的时候，对于当时战争的态度是文学界之中革命和反革命的界线：赞助帝国主义战争的是反革命，而反对这个战争的是转变到革命方面来的开始。最近四五年来的中国，重新开展了断断续续的军阀混战。很自然的，那些所谓"民族诗人"要出来歌颂这种军阀战争。而劳动民众是坚决的反对这种战争的，他们一定同样坚决而英勇的去反对列强帝国主义之间的战争，因为军阀战争和帝国主义的战争都是瓜分中国和屠杀民众的战争。但是，中国同时还开展着红白的战争，中国的地主资产阶级还实行过进攻苏联的战争，而且直到现在还在准备着新的进攻苏联的战争。自然，所有这些维持剥削制度的战争，中国的地主资产阶级都是在列强帝国主义的支配之下进行的。中国一切反动的文学更自然的站在白军的战线上，用一切无耻卑劣的谣言和咒骂帮着白军的枪炮来攻打民众，攻打工人，攻打已经建设着的社会主义国家。而劳动民众，可积极的反对白军，反对进攻苏联，因为反对白军的战争以及拥护苏联的战争，是劳动民众自己的战争，是为着劳动民众的解放的。革命文学和普洛文学对于战争的态度，自然就是工人阶级领导之下的劳动民众的态度。

　　满洲事变发生之后，直到上海战争的爆发，中国的民众是站在一个新的问题的前面：革命的民族战争被中国的地主资产阶级压制着出卖着。这里，问题是比较的复杂。劳动民众是不是简单的拥护上海的战争？或者，反对上海的战争？这显然都是不对的。中国的工人阶级劳动民众说：我们大家都要赞助以至于参加反对日本帝国主义的战争，但是，同时必须反对压制和出卖"革命的民族战争"的中国地主资产阶级。这才是正确的态度。这也就是中国革命普洛文学应当采取的态度。

最近，日本的普洛文学已经坚决而明显的表示反对进攻满洲和上海的战争，并且号召中国的劳动民众和兵士努力去反抗日本帝国主义的进攻。这也就是革命的日本无产阶级的态度。日本的工人反对日本资产阶级派兵来打中国，而中国的劳动民众和兵士要把日本资产阶级派来的军队打回去。——这是对于日本帝国主义的两面夹攻。这是革命的国际主义立场，也就是中国民族解放的唯一道路。

而中国的地主资产阶级呢？中国的绅商的一切种种文学家呢？他们哀求着列强来"主持国际主义"，宣言"绝对尊重条约的尊严"，——他们歌颂着"和平和公理的战胜"。他们为着要欺骗民众，方才狂喊几声：用四万万人的肉体去塞住日本的炮口，其实，这只是用死来赌咒，而根本上并不希望这种反日战争的胜利。他们还根据自己的所谓"民族主义"，而称赞"敌人有为国奋斗的青年"。这样，是要日本的"青年为国家奋斗"，而中国的民众去填炮口，——双方配合起来，恰好完成同卖中国的任务！

地主资产阶级的战争文学，正在这样进行着欺骗民众，鼓吹屠杀，以及卖国的送命主义。

上海战争的事实应当叫醒更广大的群众，揭穿各种各式的欺骗。上海的反日战争是前线的兵士群众发动起来的。党国要人和绅商名流的帮口虽然多，意见虽然复杂，互相攻讦得虽然很热闹，可是，他们的宗旨都是一致的：他们只想用什么手段来欺骗民众和兵士，而决不想打退日本帝国主义，更不想驱逐一切帝国主义的势力。上海战争爆发之后，上海的军事当局表面上算是指挥着作战，而实际上严禁进攻日本军队的大本营（租界），党国中央政府表面上宣言"长期抵抗"，而实际上故意不派救兵；中国绅商的各种团体表面上去慰劳兵士，而实际上欢迎英美法意的军队，主张保存"上海公共租界的商业精华"。他们都是用假抵抗的手段实行不抵抗的主义。结果，自然中国方面是失败了，这是一定要失败的，因为地主资产阶级抱定了失败主义的目的，用假抵抗的假面具把持着战争的指挥权！一个月的猛烈战斗，真正用小兵去填日本的炮口！而失败之后，退出上海之后，党国要人和绅商名流已经在实行谈判了，已经宣告把上海的闸北吴淞完全交给日本，"倘使日本不再进击，我军决不开始攻击"……以后到事变还不都这个样吗？！

劳动民众和兵士群众必须在工人阶级领导之下，起来自动的发展这个革命的民族战争，一直到完全由自己选举出来的政权来指挥。只有这样，才能够打退日本帝国主义的军队，驱逐一切帝国主义的势力，这就必须推翻地主资产阶级的统治，而且剥夺地主资产阶级的一切参政的权利。那些冒充革命的人，现在出来主张什么国民会议，要地主资产阶级参加普通的平等的选举，这种普选的国民会议是"民众政权"，是"反帝国主义的政权"！这些人不过是帝国主义和中国地主资产阶级的小走狗罢了。真正的民众政权，只有工人农民兵士以及一切劳动民众的代表会议，禁止地主资本家参加的民众代表会议。只有这种民众政权方才能够战胜日本以及一切帝国主义。现在发展着反对日本帝国主义的革命的民族战争，以及反对出卖中国的地主资产阶级的战争，一定要在广大群众参加战斗的过程之中，建立起全中国的真正民众的政权。这才能够真正解放中国，真正解放中国的一般劳动民众。

中国的革命文学和普洛文学，没有疑问的，一定要赞助这种革命的战争——反对帝国主义并且反对中国地主资产阶级的战争，同时，还必须在文艺战线上努力揭穿帝国主义列强的"和平"，"公理"，"同情中国"等等的假面具，必须揭穿中国地主资产阶级的假抵抗的一切种种假面具。

因此，革命文艺的大众化，尤其是革命的大众文艺的创造，更加是最迫切的任务了。——要创造极广大的劳动的群众能够懂得的文艺，群众自己现在能够参加并且创作的文艺。劳动民众和兵士现在需要自己的战争文学，需要正确的反映革命战争的文学，需要用劳动民众自己的言语来写的革命战争的文学。中国的革命普洛文学，应当调动自己的队伍，深入广大的群众，来执行这个任务。

一九三二，三。

《鲁迅杂感选集》序言

自己背着因袭的重担，肩住了黑暗的闸门，放他们到宽阔光明的地方去……

——鲁迅:《坟》

象牙塔里的绅士总会假清高的笑骂:"政治家，政治家，你算得什么艺术家呢! 你的艺术是有倾向的! "对于这种嘲笑，革命文学的家只有一个回答:

你想用什么来骂倒我呢? 难道因为我要改造世界的那种热诚的巨大火焰，他在我的艺术里也在燃烧着么?

——卢纳察尔斯基:《高尔基作品选集序》

革命的作家总是公开地表示出他们和社会斗争的联系。他们不但在自己的作品里表现一定的思想，而且时常用一个公民的资格出来对社会说话，为着自己的理想而战斗，暴露那些假清高的绅士艺术家的虚伪。高尔基在小说戏剧之外，写了很多的公开书信和"社会论文"（publicist article），尤其在最近的几年——社会的政治的斗争十分紧张的时期。也有人笑他做不成艺术家了，因为"他只会写些社会论文"。但是，谁都知道这些讥笑高尔基的，是些什么样的蚊子和苍蝇！

鲁迅在最近十五年来，断断续续的写过许多论文和杂感，尤其是杂感来得多。于是有人给他起了一个绰号，叫做"杂感专家"。"专"在"杂"里者，显然含有鄙视的意思。可是，正因为一些蚊子苍蝇讨厌他的杂感，这种文体就证明了自己的战斗的意义。鲁迅的杂感其实是一种"社会论文"——战斗的"阜利通"（feuilleton）。谁要是想一想这将近二十年的情形，他就可以懂得这种文体发生的原因。急遽的剧烈的社会斗争，使作家不能够从容的把他的思想和情感镕铸到创作里去，表现在具体的形象和典型里；同时，残酷和强暴的压力，又不容许作家的言论采取通常的形式。作家的幽默才能，就帮助他用艺术的形式来表现他的政治立场，他的深刻的对于社会的观察，他的热烈的对于民众们斗争的同情。不但这样，这里反映着"五四"以来中国的思想斗争的历史。杂感的这种文体，将要因为鲁迅而变成文艺性的论文（阜利通 feuilleton）的代名词。自然，这不能够代替创作，然而他的特点是更直接的更迅速的反映社会的日常事变。

现在选集鲁迅的杂感，不但因为这里有中国思想斗争史上的宝贵的成绩，而且也为着现时的战斗：要知道形势虽然不会大不相同，而那种吸血的苍蝇蚊子，却总是那么多！

鲁迅是谁？我们先来说一通神话罢。

神话里有这么一段故事：亚尔霸·龙迦的公主莱亚·西尔维亚被战神马尔斯强奸了，生下一胎双生儿子，一个是罗谟鲁斯，一个是莱谟斯；他们俩兄弟一出娘胎就被丢在荒山里，如果不是一只母狼喂他们的奶吃，也许早就饿死了；后来罗谟鲁斯居然创造了罗马城，并且乘着大雷雨飞上了天，做了军神；而莱谟斯却被他的兄弟杀了，因为他敢于蔑视那庄严的罗马城，他只一脚就跨过那可笑的城墙。莱谟斯的命运比鲁迅悲惨多了。这也许因为那时代还是虚伪统治的时代。而现在，吃过狼奶的罗谟鲁斯未必再去建筑那种可笑的像煞有介事的罗马城，更不愿意飞上天去高高的供在天神的宝座上，而完全忘记自己的乳母是野兽。虽然现代的罗谟鲁斯也曾经做过一些这类的傻事情，可是，他终于屈服在"时代精神"的面前，而同着莱谟斯双双的回到狼的怀抱里来。莱谟斯是永久没有忘记自己的乳母的，虽然他也很久在"孤独的战斗"之中找寻着那回到"故乡"的道路。他憎恶着天神和公主的黑暗世界，他也不能够不轻蔑那虚伪的自欺的纸糊罗马城，这样一直到他回到"故乡"的荒野，在这里找着了群众的野兽性，找着了扫除奴才式的家畜性的铁扫帚，找着了真实的光明建筑——这不是什么可笑的猥琐的城墙，而是伟大的簇新的星球。

是的，鲁迅是莱谟斯，是野兽的奶汁所喂养大的，是封建宗法社会的逆子，是绅士阶级的贰臣，而同时也是一些浪漫谛克的革命家的诤友！他从他自己的道路回到了狼的怀抱。

俄国的贵族地主之间，"也发展了 12 月 14 日的人物，这是英雄的队伍，他们像罗谟鲁斯和莱谟斯似的，是野兽的奶汁所喂养大的。这是些勇将，从头到脚都是纯钢打成的，他们是活泼的战士，自觉地走上明显的灭亡的道路，为的要惊醒下一辈的青年去取得新的生活，为的要洗清那些生长在刽子手主义和奴才主义环境里的孩子们"（赫尔岑）。

辛亥革命前的这些勇将们，现在还剩得几个？说近一些，五四时期的思想革命的战士，现在又剩得几个呢？"有的高升，有的退隐，有的前进，我又经历了一回同一战阵中的伙伴不久还是会这么变化。"（鲁迅：《自选集序言》）

鲁迅说"又经历了一回"！他对于辛亥革命的那一回，现在已经不敢说，也真的不忍说了。那时候的"纯钢打成的"人物，现在不但变成了烂铁，而且……真金不怕火烧，到现在，才知道真正的纯钢是谁呵！辛亥革命前的士大夫的子弟，也有一些维新主义的老新党，革命主义的英雄，富国强兵的幻想家。他们之中，客观上领导了民权主义的群众革命运动的人，也并不是没有，而且，似乎也做了一番轰轰烈烈的事业。鲁迅也是士大夫阶级的子弟，也是早期的民权主义的革命党人。不过别人都有点儿惭愧自己是失节的公主的亲属。本来帝国主义的战神强奸了东方文明的公主，这是世界史上的大事变,谁还能够否认?这种强奸的结果,中国的旧社会急遽的崩溃解体,这样,出现了华侨式的商业资本,候补的国货实业家,出现了市侩化的绅董,也产生了现代式的小资阶级的智识阶层。从维新改良的保皇主义到革命光复的排满主义,虽然有改良和革命的不同,而士大夫的气质总是很浓厚的。文明商人和维新绅董之间的区别,只在于绅董希望满清和第二次中兴,用康梁去继承曾左李的事业,则商人的意识代表(也是士大夫),却想到了另外一条出路:自己来做专权的诸葛亮,而叫四万万阿斗做名义上的主人。在这种根本倾向之下,当时的思想界,多多少少都早已埋伏着复古和反动的种子,要想恢复什么"固有文化"。独有现代式的小资产阶级智识阶层的萌芽,能够对于科学文明的坚决信仰,来反对这种复古和反动的预兆。鲁迅和当时的早期革命家,同样背着士大夫阶级和宗法社会的过去。但是,他不但很早就研究过自然科学和当时科学上的最高发展阶段,而且他和农民群众有比较巩固的联系。他的士大夫家庭的败落,使他在儿童时代就混进了野孩子的群里,呼吸着小百姓的空气。这使得他真像吃了狼的奶汁似的,得到了那种"野兽性"。他能够真正斩断"过去"的葛藤,深刻地憎恶天神和贵族的宫殿,他从来没有摆过诸葛亮的臭架子。他从绅士阶级出来,他深刻地感觉到一切种种士大夫的卑劣,丑恶和虚伪。他不惭愧自己是私生子,他诅咒自己的过去,他竭力要肃清这个肮脏的旧茅厕。

现代最伟大的革命政治家说过:"吃人经济的存在,剥削的存在永远要产生反对这种制度的理想,在被剥削的群众自己之中是如此,在所谓智识阶层的个别代表之中也是如此。这些理想对于马克思主义者都是很宝贵的。"辛亥革命之前,譬如一九〇七年的时候,除出富国强兵和立宪民治之外,还有什么理想呢?不是伟大的天才,有敏锐的感觉和真正的世界的眼光,就不能够跳过"时代的限制",就算只是容纳和接受外国的学说,也要有些容纳和接受的能力。而鲁迅在一九〇七年说:

> 轻才小慧之徒,于是竞言武事。……谓钩爪锯牙,为国家首事,又引文明之语,用以自文,……虽兜牟深隐其面,威武若不可陵,而干禄

之色，固灼然现于外矣！计其次者，乃复有制造商估立宪国会之说。前二者素见重于中国青年间，纵不主张，治之者的亦将不可缕数。盖国若一日存，固足以假力图富强之名，博志士之誉；即有不幸，宗社为墟，而广有金资，大能温饱……若夫后二，无可论已。……将事权言议，悉归奔走干进之徒，或至愚屯之富人，否亦善垄断之市侩……呜呼，古之临民者，一独夫也；由今之道，且顿变而为千万无赖之尤，民不堪命矣，于兴国究何与焉。(《坟·文化偏至论》)

这在现在看来，几乎全是预言！中国的资产阶级，经过了短期的革命，而现在，那些一九○七年时候的青年，热心于提倡而实行"制造商估"的青年，正在一面做"志士"，一面预备亡国，而且更进一步，积极的巧妙的卖国了。至于千万无赖之尤的假民权，也正在粉刷着新的立宪招牌。自然，鲁迅当时的思想基础，是尼采"重个人而非物质"的学说。这种学说在欧洲已经是资产阶级反动的反映。他们要用超人的名义，最"先进"的英雄和贤哲的名义，去抵制新兴阶级的群众的集体的进取和改革，说一切群众其实都是守旧的，阻碍进步的"庸众"。可是，鲁迅在当时的倾向尼采主义，却反映着别一种社会关系。固然，这种个性主义，是一般的智识分子的资产阶级性的幻想。然而在当时的中国，城市的工人阶级还没有成为巨大的自觉的政治力量，而农村的农民群众只有自发的不自觉的反抗斗争。大部分的市侩和守旧的庸众，替统治阶级保守着奴才主义，的确是改革进取的阻碍。为着要光明，为着要征服自然界和旧社会的盲目力量，这种发展个性，思想自由，打破传统的呼声，客观上在当时还有相当的革命意义。只要看鲁迅当时的《摩罗诗力说》，他是要"举一切诗人中，凡立意在反抗，指归在动作，而为世所不甚愉悦者悉入之。"摩罗是梵文，欧洲人说"撒旦"，意思是天魔。鲁迅的叙说这些天魔诗人（裴伦等等），目的正在于号召反抗，推翻一切传统的重压的"东方文化"的国故僵尸。他是真正介绍欧洲文艺思想的第一个人。

在那时候——一九○七年——他的这些呼声差不多完全沉没在浮光掠影的粗浅的排满论调之中，没有得到任何的回响。如果不是《坟》里保存了这几篇历史文献，也许同中国的许多"革命档案"一样，就这么失败了。这些文献的意义，在于回答当时思想界的一个严重问题：群众这样落后怎么办？对于这个问题，当时革命思想界里有一个现成的答覆，就是说，群众落后是天生的，因此，不要他们起来革命，等编练了革命军队来替他们革命，而革命成功之后也还不能够给民众自由，而要好好地教训他们几年。而鲁迅所给的答案却有些不同，他是说，因为民众落后，所以更要解放个性，更要思想的自由，要有"自觉的声音"，使它"每响必中于人心，清晰昭明，不同凡响"。这虽然也不是正确的立场，然而，比"革命的愚民政策"总有点不同罢，问题在于当时中国"亦颇思历举前有之耿光，特未能言，则姑曰左邻已奴，右邻且死，择亡国而较量之，冀自显其佳胜"，有了这种阿Q式的自譬自解，大家正在飘飘然的得意得很，所以始终是诸葛亮式的革命理论"胜利"，而对于科学艺术的努力进取的呼声反而沉没了。

鲁迅在当时不能够不感觉到非常之孤独和寂寞，他问："今索诸中国，为精神界之战士者安在？"他说俄国文家科罗连珂的《末光》里，叙述一个老人在西伯利亚教书，书上有黄莺，而那地方却冷得什么也没有，他的学生听说这黄莺会在樱花里唱出美妙的歌声，就只能够侧着头想像那黄莺叫的声音。这种想望多么使人感动呵。"然则吾人，其亦沉思而已夫，其亦惟沉思是已夫！"（《坟·摩罗诗力说》）

然而鲁迅其实并不孤独的。辛亥革命的怒潮，不在于一些革命新贵的风起云涌，而在于"农人野老的不明大义"；他们以为"革命之后从此自由"（《总理全集·民元杭州欢迎会上演说辞》）。不明大义的贫民群众的骚动，固然给革命新贵白白当了一番苦力，固然有时候只表现了一些阿Q的"白铠白甲"的梦想，然而他们是真的光明斗争的基础。精神界的战士只有同他们一种，才有真正的前途。

辛亥革命之后，中国的思想界就不可避免的完成了第一次的"伟大的分裂"，反映着群众的革命情绪和阶级关系的转变，中国的士大夫式的智识阶层就显然的划分了两个阵营：国故派和欧化派。这是在"五四"的前夜，

《新青年》早期在新文化运动的开始时期。当时德谟克拉西先生和赛因思先生的联盟，继续开展了革命的斗争，这是资产阶级民权革命的深入，也就是现代式的智识阶层生长发展的结果。鲁迅的参加"思想革命"是在这时候就开始的。我们说他的"参加"开始，是因为在这之前，还没有什么可以参加的，他还只能够孤独的"沉思"。而在《新青年》发动了"新文化斗争"之后，反国故派方才成为整个的队伍。

辛亥之后，大家都可以懂得革命是失败了。但是，并不是个个人都觉得到继续统治的是谁。鲁迅说，这是些"现在的屠杀者"；"杀了'现在'，也便杀了'将来'——将来是子孙的时代"。而杀"现在"的自然是一些僵尸。那时候还是完全的僵尸统治呵。

这些僵尸，封建性的军阀，官僚式的买办，自然要竭力维持一切种种的国故：宗法社会的旧道德，忠孝节义和腐烂发臭的古文化。他们——好比"妻女极多的阔人，婢妾成行的富翁，乱离时候，照顾不到，一遇'逆兵'（或是'天兵'），就无法可想。只得救了自己，请别人都做烈女。变成烈女，'逆兵'便不要了。他便待事定以后，慢慢回来，称赞几句。"（《坟·我的节烈观》）这些将到"被征服的地位"的人，一定要提倡守节，一定要称赞烈女。而且为着保持自己的统治，自然更要提倡忠孝，因为活人总要想前进，青年总想活动，只有死人可以拖住活的，老人可以管住小孩，这样就天下太平了。

> 我想：暴君的专制使人们变成冷嘲，愚民（应当说是僵尸）的专制使人们变成死相。大家渐渐死下去，而自己反以为卫道有效……世上如果还有真要活下去的人们，就先该敢说，敢笑，敢哭，敢骂，敢打，在这可诅咒的地方击退了可诅咒的时代！（《华盖集·忽然想到之五》）

这固然是黎明期的新文化运动的一般精神，然而鲁迅在这时代已经表现了他的特点。新文化运动的领袖，大家都不免要想做青年的新的导师；而诚实的愿意做一个"革命军马前卒"的，却是鲁迅。他自己"背着因袭的重担，肩住了黑暗的闸门，放他们到宽阔光明的地方去"，他没有自己造一座宝塔，把自己高高供在里面，他却砌了一座"坟"，埋葬他的过去，热烈的希望着这可诅咒的时代——这过渡的时代也快些过去。他这种为着将来和大众而牺牲的精神，贯穿着他的各个时期，一直到现在，在一切问题上都是如此。举一个例说罢。白话运动初起的时候，钱玄同之流不久就开倒车，说《三国演义》那样的文言白话夹杂的"言语"就是"合于实际的"模范，理想不可以过高。而另一方面也有人着重的说明文章的好坏不在于文言白话的分别，而都靠天才，或者要白话好还应该懂古文。这样，每一个新文学家，都在运用"天才"创造新白话文的模范。鲁迅说"这实在使我打了一个寒噤。……但自己却正苦于背了这些古老的鬼魂，摆脱不开"，而"许多青年作者又在古文，诗词中摘些好看而难懂的字面，作为变戏法的手巾，来装潢自己的作品了"。(《坟·写在"坟"后面》)"新文学兴起以来，未忘积习而常用成语如我的和故意作怪而乱用谁也不懂的生语如创造社一流的文字，都使文艺和大众隔离。"(《三闲集·"小小十年"小引》)我自己以为只不过是"桥梁中的一木一石，并非什么前途的目标，范本"，"应该和光阴偕逝，逐渐消亡"(《写在"坟"后面》)。然而正因为如此，他这"桥梁"总是真正通达到彼岸的桥梁，他的作品才成了中国新文学的第一座纪念碑。也正因为如此，他的确成了"青年叛徒的领袖"。

　　"五四"前后，《新青年》的领导作用是谁也不能否认的。当时反对宗法礼教，反对国故，主张妇女和青年的解放，主张白话文学，——"理想"的浪潮又激动起来，革命的智识青年开始寻找新的出路，新的前途。然而大家都应该记得，这时期之前不久，正是辛亥革命之后的反动，——横梗在思想界前面的重要问题，是理想没有用处，革命的乱闹就是由于一味理想。当时的反动派，的确"提高了他的喉咙含含糊糊说：'狗有狗道理，鬼有鬼道理，中国与众不同，也自有中国的道理。道理各各不同，而一味理想，殊堪痛恨。'"(《热风·随感录三十九》)。对于这个问题的答复，却是新文化运动内部分化的开始。不用说，那些治国平天下的老革命党其实是被反动派难倒了。他们赶紧悔过，说以前我们只会破坏，现在要考究建设了；至于理想过高，民众理会不到，那么，革命党本来就不要民众理会，民众总是不知不觉的，叫他们"一味去行"，让我们替他们建设以理想好了！这是老革命党的投降。而新革命党呢？"五四"之后不久，"新青年"之中的胡适之派，也就投降了；反动派说一味理想不行，胡适之也赶着大叫"少研究主义，多研究问题"。这种美国市侩式的实际主义，是要预防新兴阶级的伟大理想取得思想界的威权。而鲁迅对于这个问题，——革命主义和改良主义的分水岭的问题——是站在革命主义方面的。他揭穿那些反理想重经验的人的假面具，指出他们的所谓"经验"正是皇帝和奴才的经验！

鲁迅在"五四"前的思想，进化论和个性主义还是他的基本。他热烈的希望着青年，他勇猛的袭击着宗法社会的僵尸统治，要求个性的解放。可是，不久他就渐渐的了解到封建的等级制度和中国社会里的层层压榨。一九二四年至一九二五年，他的《春末闲谈》，《灯下漫笔》，《坟·杂忆》，以及整部的《华盖集》，尤其是一九二六的《华盖集续编》，都包含着猛烈的攻击阶级统治的火焰。自然，这不是社会科学的论文，这只是直感的生活经验。但是他的神圣的憎恶和讽刺的锋芒，都集中在军阀官僚和他们的叭儿狗。"五四"到"五卅"前后，中国思想界里逐步的准备着第二次的"伟大的分裂"。这一次已经不是国故和新文化的分别，而是新文化内部的分裂：一方面是工农民众的阵营，别方面是依附封建残余的资产阶级。这新的反动思想，已经披了欧化，或所谓五四化的新衣服。这个分裂直到一九二七年下半年方才完成，而在一九二五年至一九二六年的时候，却已经准备着，只要看当时段祺瑞章士钊的走狗"现代评论"派，在一九二七年之后是怎样的得其所哉，就可以知道这中间的奥妙。而鲁迅当时的《语丝》，革命的小资产阶级的文艺思想和批评，正是针对着这些未来的"官场学者"的。现在的读者往往以为《华盖集》正续编里的杂感，不过是攻击个人的文章，或者有些青年已经不大知道陈西滢等类人物的履历，所以不觉得很大的兴趣。其实，不但陈西滢就是章士钊（孤桐）等类的姓名，在鲁迅的杂感里，简直可以当做普通名词读，就是认做社会上的某种典型。他们个人的履历倒可以不必多加考究，重要的是他们这种"媚态的猫","比他主人更严厉的狗","吸人的血还要预先哼哼地发一通议论的蚊子","嗡嗡地闹了半天,停下来舔一点油汗,还要拉上一点蝇屎的苍蝇"……到现在还活着,活着!揭穿这些卑劣,懦怯,无耻,虚伪而又残酷的刽子手和奴才的假面具,是战斗中不可少的阵线。

的确,旧的卫道先生们渐渐的没落了,于是需要在他们这些僵尸的血管里,注射一些"欧化"的西洋国故和牛津剑桥哥伦比亚的学究主义,再加上一些洋场流氓的把戏,然后僵尸可以暂时"复活",或者多留恋几年"死尸的生命"。这些欧化绅士和洋场市侩,后来就和"革命军人"结合了新的帮口,于是僵尸统治,变成了戏子统治。僵尸还要做戏,自然是再可怕也没有了。

"中国的原始积累式的商业资本,在乡村之中和封建统治的地主有一种特别形式的结合。中国的军阀和一切残酷无情抢劫民众的文武官僚,都是中国这种特别形式的结合的上层建筑。帝国主义和他们所有的一切财政上军事上的力量,就在中国维持并且推动这些封建残余以及它们的全部军阀官僚的上层建筑,使它们欧化,又使它们守旧。"(约瑟夫)这就是中国僵尸欧化的原因。袁世凯以来的北洋军阀要想稳定这种新的统治,但是,他们只会运用一些"六君子"之类"开国元勋","后来的武人可更蠢了……除了残虐百姓之外,还加上轻视学问,荒废教育的恶名。"(《华盖集续编·一点比喻》)。问题是在于要统治奴隶就要有一定的奴隶规则(《坟·灯下漫笔》),而新的奴隶规则,要新的"山羊"来帮忙才定得出来。这样的山羊,脖子上还挂着一个小铃铛……"这是说:虽死也应该如羊,使天下太平,彼此省力。"(《华盖集续编·一点比喻》)段祺瑞章士钊时代——五卅时代的陈西滢们,就企图做成这样的"山羊"。虽然这企图延长了若干年,而他们现在是做"成功"了!新的朝代,有了新的"帮忙文人",而且已经像生殖力最强的猪猡和臭虫似的,生出了许许多多各种各式的徒子徒孙。当时——一九二五和一九二六年——他们的努力,例如剿杀"学匪",或者请出西哲勖本霍尔 [1] 来

---

[1] 指德国哲学家叔本华。

痛打女师大的"毛丫头"之类，总算不是枉费的。

鲁迅当时反对这些欧化绅士的战斗，虽然隐蔽在个别的甚至私人的问题之下，然而这种战斗的原则上的意义，越到后来就越发明显了。统治者不能够完全只靠大炮机关枪，一定需要某种"意识代表"。这些代表们的虚伪和戏法是无穷的。暴露这些"做戏的虚伪主义者"（《华盖集续编·马上支日记》），也就必须有持久的韧性的斗争。

他们在"五卅"的时候，说打倒帝国主义的口号是"分裂与猜忌的现象"（徐志摩），说中国人的"打，打，宣战，宣战"，是"这样的中国人，呸！"——这意思是中国人该被打而不做声（陈西滢）。他们在"三一八"之后，立刻就说"执政府前原是'死地'……群众领袖应负起道义上的责任"。这些"墨写的谎说"难道掩得住"血写的事实"吗？！然而鲁迅在这一次做了一个"错误"："我向来是不惮以最坏的恶意来推测中国人的。但这回却很有几点出于我的意外。一是当局者竟会这样地凶残，一是流言家竟至如此之下劣，一是中国的女性临难竟能如是之从容。"（《华盖集续编·记念刘和珍君》）他在当时已经说是"民国以来最黑暗的一天"，然而他更不料一两年后的黑暗会超越"三一八"屠杀的几百千倍。鲁迅如果有"错误"，那么，我们不能够不同意他自己的批评"我还欠刻毒！"地主官僚和资产阶级社会的丑恶，实在远超出文学家最深刻的"构陷别人的罪状"！而文饰这种丑恶的，正是那些山羊式的文人。

所以当五卅时期，一般人，甚至革命者的思想，都在"一致对外"的口号之下，多多少少忽略了国内的阶级战斗的同时开展；这又是新的阶段的更加严重的问题。而鲁迅就提出这样的质问："然而中国有枪阶级的焚掠平民，屠杀平民，却向来不很有人抗议。"（《华盖集·忽然想到之十一》）回答这个问题的，是"五卅"之后的巨大的群众革命浪潮。革命是在进到新的阶段，"死者的遗给后来的功德，是在撕去了许多东西的人相，露出那出于意料之外的阴毒的心，教给继续战斗者以别种方法的战斗"（《华盖集续编·空谈》）。这就是要打倒帝国主义和军阀，就必须打倒这些阴毒"东西"——动物！就不再是请愿，不只是"和平宣传"，不是合法主义，而是……

血债必须用同物偿还。拖欠得愈久，就要付更大的利息！（《华盖集续编·无花的蔷薇之二》）

此后的"血债"是越拖越多了。

泪揩了，血消了；
屠伯们逍遥复逍遥，
用钢刀的，用软刀的。
然而我只有"杂感"而已。

——《而已集·题辞》

僵尸的统治转变成戏子的统治，这个转变完成之后不善于做戏的僵尸虽然退了位，而会变戏法的僵尸就更加猖獗起来。活人和死人斗争，灭亡路上的阶级的挣扎和新兴阶级领导的群众的反抗，经过一番暴风雨的剧变而进到了新的阶段。鲁迅说："我是在二七年被血吓得目瞪口呆，离开广东的，那些吞吞吐吐没有胆子直说的话，都载在《而已集》里。"就是以后的《三闲集》（一九二八——一九二九），《二心集》（一九三〇——一九三一），又何尝不是哭笑不得的"而已"！可是，正是这期间鲁迅的思想反映着一般被蹂躏被侮辱被欺骗的人们的彷徨和愤激，他从进化论最终的走到了阶级论，从进取的争求解放的个性主义进到了战斗的改造世界的集体主义。如果在以前，鲁迅早就感觉到中国社会里的科举式的贵族阶级和租佃官僚制度之下的农奴阶级之间的对抗，那么，现在他就更清楚的见到那种封建式的阶级对抗之外，正在发展着资本和劳动的对抗。他"一向是相信进化论的，总以为将来必胜于过去，青年必胜于老人"，然而他"目睹了同是青年，而分成两大阵营，或则投书告密，或则助官捕人的事实"！他的"思路因此轰毁"（《三闲集·序言》）。是的，以前"父与子"的辈分斗争只是前一阶段的阶级斗争的外套，现在——封建宗法残余的统治搀杂了一些流氓资本的魔术，——不但更明显的露出劳动和资本的阶级战斗，而且反封建残余的斗争也不再是纯

192

粹的"父与子"斗争的形式。同时，新兴阶级的领导展开了真正推翻帝国主义和僵尸，推翻流氓资本和地主官僚的新结合的远景。贫民小资产阶级和革命的智识阶层，终于发现了他们反对剥削制度的朦胧的理想，只有同着新兴的社会主义的先进阶级前进，才能够实现，才能够在伟大的斗争的集体之中达到真正的"个性解放"。

这样，当时革命"过程"在思想界的反映，就是五四式的智识阶层的最终的分化：一些所谓欧化青年完全暴露了自己是"丧家的"或者"不丧家的""资本家的走狗"，替新的反动去装点一下摩登化的东洋国故和西洋国故。而另外一些革命的智识青年却更确定更明显地走到劳动民众方面来，围绕着革命的营垒。最优秀的最真诚的不肯自己背叛自己的光明理想的分子，始终是要坚决的走上真正革命的道路的。

最早期的真正革命文学运动——五四式的新文学分化之后的革命文学运动，——不能够不首先反对摩登化的遗老遗少，反对重新摆上的"吃人的筵宴"，以及这种筵宴旁边的鼓乐队。蹂躏革命"战士的精神和血肉……赏玩，攀折这花，摘食这果实的人们"，这些流氓式的戏子，扶着几乎断送"死尸的生命"的僵尸，"稳定了"他们的新的统治。于是乎他们的鼓乐队里，就搀和了些意大利的唐南遮，德国的霍普德曼（冤枉！），西班牙的伊本纳兹，中国的吴某某"等等，而偏偏还要说这是革命文学！这其实是"在一方的指挥刀的掩护之下，斥骂他的敌手的"低能儿（《而已集·革命文学》），这其实是段政府之下的陈西滢们的徒子徒孙。据说是段祺瑞等投降了"革命"，陈西滢们"转变了"方向，然而就社会的意义上来说，究竟是谁投降了谁，谁转变了方向，是大成问题的。这时候的新鲜戏法，只在于："'命'自然还是要革的，然而又不宜太革……只剩一条'革命文学'的独木小桥，所以外来的许多刊物，便通不过，扑通！扑通！都掉下去了。"（《而已集·扣丝杂感》）

"独木小桥"始终只是独木小桥。那些"扑通，扑通"掉下去的却学会了游水。真正的革命文艺思想正在这一时期开始深入的发展。在这新阶段上，革命文艺思想经过内部的斗争而逐渐的形成新的阵营。这种不可避免的斗争提出了新的问题，这已经不是父与子的问题，也不仅是暴露指挥刀后的屠伯们的问题。这是关于革命队伍的战略的争论。

新兴阶级的文艺思想，往往经过革命的小资产阶级作家的转变，而开始形成起来，然后逐渐的动员劳动民众和工人之中的新的力量。集中新的队伍，克服过去的"因袭的重担"，同时，扩大同路人的阵线。这不但在日本，美国，德国，甚至于在苏联，也经过波格唐诺夫式的幼稚病。关于这种幼稚病，德国的皮哈曾经说过：一些小集团居然自以为独得了"工人阶级的文化代表的委任状"——包办代表事务。这大概是"历史的误会"。创造社的转变，太阳社的出现，只在这方面讲来，是有客观上的革命意义的。

然而革命军进行的时候，"时时有人退伍，有人落荒，有人颓唐，有人叛变，然而只要无碍于进行，则愈到后来，这队伍也就愈成为纯粹，精锐的队伍了"（《二心集・非革命的急进革命论者》）。无产阶级和周围的各种小资产阶级之间本来就没有一座万里长城隔开着。何况小资产阶级又有各种各样不同的阶层和集团呢。

小资产阶级的智识阶层之中，有些是和中国的农村，中国的受尽了欺骗压榨束缚愚弄的农民群众联系着。这些农民从几千百年的痛苦经验之中学会了痛恨老爷和田主，但是没有学会，也不能够学会怎样去回答这些问题，怎样去解除这种痛苦。"旧社会将近崩坏之际，是常常会有近似带革命性的文学作品出现的，然而其实并非真的革命文学。例如：或者憎恶旧社会，而只是憎恶，更没有对于将来的理想；或者也大呼改造社会，而问他要怎样的社会，却是不能实现的乌托邦。"（《三闲集・现今的新文学概观》）然而，宽泛些说，这种文艺当然也是革命的文学。因为它至少还能够反映社会真相的一方面，暗示改革所应当注意的方向。而同时，这些早期的革命作家，反映着封建宗法社会崩溃的过程，时常不是立刻就能够脱离个性主义——怀疑群众的倾向的。他们看得见群众——农民小私有者的群众的自私，盲目，迷信，自欺，甚至于驯服的奴隶性，可是，往往看不见这种群众的"革命可能性"，看不见他们的笨拙的守旧的口号背后隐藏着革命的价值。鲁迅的一些杂感里面，往往有这一类的缺点，引起他对于革命失败的一时的失望和悲观。

另一方面，"五四"到"五卅"之间中国城市里迅速的积聚着各种"薄海民"（Bohemian）——小资产阶级的流浪人的智识青年。这种智识阶层和早期的士大夫阶级的"逆子贰臣"，同样是中国封建宗法社会崩溃的结果。同样是帝国主义以及军阀官僚的牺牲品，同样是被中国畸形的资本主义关系的发展过程所"挤出轨道"的孤儿。但是，他们的都市化和摩登化更深刻了。他们和农村的联系更稀薄了，他们没有前一辈的黎明期的清醒的现实主义，——也可以说是老实的农民的实事求是的精神——反而传染了欧洲的世纪末的气质。这种新起的智识分子，因为他们的"热度"的关系，往往首先卷进革命的怒潮，但是，也会首先"落荒"或者"颓废"，甚至"叛变"，——如果不坚决的克服自己的浪漫谛克主义。"这种典型最会轻蔑地点着鼻子说：'我不是那种唱些有机的工作，实际主义和渐进主义的赞美歌的人。'这种典型的社会根源是小资者，他受着战争的恐怖，突然的破产，空前的饥荒和破坏的打击而发疯了，他歇斯替利地乱撞，寻找着出路和挽救，一方面信仰无产阶级而赞助它，别方面又绝望地狂跳，在这两方面之间动摇着。"（乌梁诺夫）这种人在文艺上自然是"才子"。自然不肯做"培养天才的泥土"，而很早"便恨恨地磨墨，立刻写出很高明的结论道：'唉，幼稚得很。中国要天才！'"（《坟·未有天才之前》）革命的怒潮到了，他们一定是革命的。革命的暂时失败了，他们之中也一定有些消极，有些叛变，有些狂跳，而表示一些"令人'知道点革命的厉害'，只图自己说得畅快了的态度，也还是中了才子＋流氓的毒"（《二心集·上海文艺之一瞥》）。于是要"包办"工人阶级文艺代表的"事务"。

《三闲集》以及其他杂感集之中所保留着的鲁迅批评创造社的文章，反映着二七年以后中国的文艺界之中这两种态度，两种倾向的争论。自然，鲁迅杂感的特点，在那时候特别显露那种经过私人问题去照耀社会思想和社会现象的笔调。然而创造社等类的文学家，单说真有革命志愿的（像叶灵凤之流的投机分子，我们不屑去说到了），也大半扭缠着私人的态度，年纪，气量以至于酒量的问题。至少这里都表现着文人的小集团主义。

这时期的争论和纠葛转变到原则和理论的研究，真正革命文艺学说的介绍，那正是革命普洛文学的新的生命的产生。而还有人说：那是鲁迅"投降"了。现在看来，这种小市民的虚荣心，这种"剥削别人的自尊心"的态度，实在天真得可笑。

这是已经过去的问题了，也应当是过去的了。

鲁迅现在说："我有一件事要感谢创造社的，是他们'挤'我看了几种科学底文艺论，明白了先前的文学史家们说了一大堆，还是纠缠不清的疑问……以纠正我——还因我而及于别人——的只信进化论的偏颇。"（《三闲集·序言》）"我时时说些自己的事情，怎样地在'碰壁'，怎样地在做蜗牛，好像全世界的苦恼，萃于一身，在替大众受罪似的：也正是中产的智识阶级分子的坏脾气。"（《二心集·序言》）

鲁迅从进化论进到阶级论，从绅士阶级的逆子贰臣进到无产阶级和劳动群众的真正的友人，以至于战士，他是经历了辛亥革命以前直到现在的四分之一世纪的战斗，从痛苦的经验和深刻的观察之中，带着宝贵的革命传统到新的阵营里来的。他终于宣言："原先是憎恶这熟识的本阶级，毫不可惜它的溃灭，后来又由于事实的教训，以为惟新兴的无产者才有将来。"（《二心集·序言》）关于最近期间，"九一八"以后的杂感，我们不用多说，他是站在战斗的前线，站在自己的哨位上。他在以前，就痛切的指出来："大小无数的人肉的筵席，即从有文明以来一直排到现在，人们就在这会场中吃人，被吃，以凶人的愚妄的欢呼，将悲惨的弱者呼号遮掩，更不消说女人和小儿。这人肉的筵宴现在还排着，有许多人还想一直排下去。扫荡这些食人者，掀掉这筵席，毁坏这厨房，则是现在的青年的使命！"（《坟·灯下漫笔》）而现在，这句话里的"青年"两个字上面已经加上了新的形容词，甚至于完全换了几个字，——他在日本帝国主义动手瓜分，英美国联进行着共管，而中国的绅商统治阶级耍着各种各样的戏法零趸发卖中国的时候，——忍不住要指着那些"民族主义文学者"说："他们将只尽些送丧的任务，永含着恋主的哀愁，须到……阶级革命的风涛怒吼起来，刷洗出河的时候，这才能脱出这沉滞猥劣和腐烂的运命。"（《二心集·"民族主义文学"的任务和运命》）

然而鲁迅杂感的价值决不止此。他自己说:"因为从旧垒中来,情形看得较为分明,反戈一击,易制强敌的死命。"(《坟·写在"坟"后面》)从满清末期士大夫,老新党,陈西滢们……一直到最近期的洋场无赖式的文学青年,都是他所亲身领教过的。刽子手主义和僵尸主义的黑暗,小私有者的庸俗,自欺,自私,愚笨,流浪赖皮的冒充虚无主义,无耻,卑劣,虚伪的戏子们的把戏,不能够逃过他的锐利的眼光,历年的战斗和剧烈的转变给他许多经验和感觉,经过精练和融化之后,流露在他的笔端。这些革命传统(revolutionary tradition)对于我们是非常之宝贵的,尤其是在集体主义的照耀之下。

第一,是最清醒的现实主义。"中国人向来因为不敢正视人生,只好瞒和骗,由此也生出瞒和骗的文艺来,由这文艺,更令中国人更深地陷入瞒和骗的大泽中,甚而至于已经自己不觉得。"(《坟·论睁了眼看》)这种思想其实反映中国的最黑暗的压迫和剥削制度,反映着当时的经济政治关系。科举式的封建等级制度,给每一个"田舍郎"以"暮登天子堂"的幻想;租佃式的农奴制度给每一个农民以"独立经济"的幻影和"爬上社会的上层"的迷梦。这都是几百年来的"空前伟大的"烟幕弹。而另一方面在极端重压的没有出路的情形之下,散漫的被剥夺了取得智识文化的可能的小百姓,只有一厢情愿的找些"巧妙"的方法去骗骗皇帝官僚甚至于鬼神。大家在欺人和自欺之中讨生活。统治阶级的这种"文化遗产"甚至于像沉重的死尸一样,压在革命队伍的头上,使他们不能够迅速的摆脱。即使"到处听不见歌吟花月的声音了,代之而起的是铁和血的赞颂。然而倘以欺瞒的心,用欺瞒的嘴,则无论说 A 和 O,或 Y 和 Z,一样是虚假的"(同上)。鲁迅是竭力暴露黑暗的,他的讽刺和幽默,是最热烈最严正的对于人生的态度。那些笑他"三个冷静"的人,固然只是些嗡嗡嗡的苍蝇。就是嫌他冷嘲热讽的"不庄严"的,也还是不了解他,同时,也不了解自己的"空城计"式的夸张并不是真正的战斗。可是,鲁迅的现实主义决不是第三种人的超我的旁观的所谓"科学"的态度。善于读他的杂感的人,都要感觉到他的燃烧的猛烈的火焰在扫射着猥劣腐烂的黑暗世界。"世界日日改变,我们的作家取下假面,真诚地,深入地,大胆地看取人生并且写出他的血和肉来的时候早到了。早就应该有

一片崭新的文场，早就应该有几个凶猛的闯将！"（同上）

第二，是"韧"的战斗。"对于旧社会旧势力的斗争，必须坚决，持久不断，而且注重实力。……我们急于要造出大群的新的战士；但同时，在文学战线上的人还要'韧'"。（《二心集》）"野牛成为家牛，野猪成为猪，狼成为狗，野性是消失了，但只足使牧人喜欢，于本身并无好处。……我以为还不如带些兽性，如果合于列的算式倒是不很有趣的：人＋家畜性＝某一种人。"（《而已集·略论中国人的脸》）而兽性就在于有"咬筋"，一口咬住就不放，拼命的刻苦的干去，这才是韧的战斗。牧人们看见小猪忽然发一阵野性，等忽儿可驯服了，他们是不忧愁的。所以这种兽性和韧的战斗决不是歇斯替利地可以干得来的。一忽儿"绝望的狂跳"，一忽儿又"萎靡而颓伤"，一忽儿是嚣张的狂热，一忽儿又捶着胸脯忏悔，那有什么用处，打仗就要像个打仗。这不是小孩子赌气，要结实的立定自己的脚跟，躲在壕沟里，沉着的作战，一步步的前进——这是鲁迅所谓"壕堑战"的战术。这是非合法主义的战术。如果敌人用"激将"的办法说："你敢走出来？"而你居然走了出去，那么，这就像许褚的赤膊上前阵，中了箭是活该。而笨到会中敌人的这一类的奸计的人，总是不肯，也不会韧战的。

第三，是反自由主义。鲁迅的著名的"打落水狗"（《坟·论费厄泼赖应该缓行》），真正是反自由主义，反妥协主义的宣言。旧势力的虚伪的中庸，说些鬼话来羼杂在科学里，调和一下，鬼混一下，这正是它的诡计。其实这斗争的世界，有些原则上的对抗事实上是决不会有调和的。所谓调和只是敌人的缓兵之计。狗可怜到落水，可是它爬出来仍旧是狗，仍旧要咬人一口，只要有可能的话。所以"要打就得打到底"——对于一切种种黑暗的旧势力都应当这样。但是死气沉沉的市侩，——其实他们对于在自己手下讨生活的人一点儿也不死气沉沉，——表面上往往会对所谓弱者"表同情"，事实上他们有意的无意的总在维持着剥削制度。市侩，这是一种狭隘的浅薄的东西，他们的头脑（如果可以说这是头脑的话），被千百年来的现成习惯和思想圈住了，而在这个圈子里自动机似的"思想"着。家庭，私塾，学校，中西"人道主义"的文学的影响，一切所谓"法律精神"和"中庸之道"的影响，把市侩的脑筋造成了一种简单的机器，碰见什么"新奇"的，"过激"的事情，立刻就会像留声机似的"啊呀呀"的叫起来。这种"叭儿狗……虽然是狗，又很像猫，折中，公允，调和，平正之状可掬，悠悠然摆出别个无不偏激，唯独自己得了'中庸之道'似的脸来"。鲁迅这种暴露市侩的锐利的笔锋，充分的表现着他的反中庸的，反自由主义的精神。

第四，是反对虚伪的精神。这是鲁迅——文学家的鲁迅，思想家的鲁迅的最主要的精神。他的现实主义，他的打硬仗，他的反中庸的主张，都是用这种真实，这种反虚伪做基础。他的神圣的憎恶就是针对着这个地主资产阶级的虚伪社会，这个帝国主义的虚伪世界的。他的杂感简直可以说全是反虚伪的战书，譬如别人不大注意的《华盖集续篇》就有许多猛烈而锐利的攻击虚伪的文字，久不再版的《坟》里的好些长篇也是这样。而中国的统治阶级特别善于虚伪，他们有意的无意的要把虚伪笼罩群众的意识；他们的虚伪超越了全世界的纪录了。"中国的一些人，至少是上等人，他们的对于神、宗教、传统的权威，是'信'和'从'呢，还是'怕'和'利用'？只要看他们的善于变化，毫无持操，是什么也不信从的，但总要摆出和内心两样的架子来。要寻虚无党，在中国实在很不少；……"他们什么都不信，但是他们"虽然这样想，却是那样说，在后台这么做，到前台可那么做"，这叫做"做戏的虚无党"（《华盖集续编·马上支日记》）。虚伪到这地步，其实顶老实了。西洋资产阶级的民族主义者或者民权主义者，或者改良妥协的所谓社会主义者，至少在最初黎明期的时候，自己也还在蒙在鼓里，一本正经的信仰着什么，或者理论，或者宗教，或者道德——这种客观上的欺骗作用比较的强些。——而中国的是明明知道什么都是假的，不过偏这么说说，做做，骗骗人，或者简直武断地乱吹一通，拿来做杀人的理论。自然，自从西洋发明了法西斯主义，他们那里也开始中国化了。呜呼，"先进的"中国呵。

自然，鲁迅的杂感的意义，不是这些简单的叙述所能够完全包括得了的。我们不过为着文艺战线的新的任务，特别指出杂感的价值和鲁迅在思想斗争史上的重要地位，我们应当向他学习，我们应当同着他前进。

一九三三，四，北平。

马克思文艺论的断篇后记

马克思关于文艺的议论，散见于他的许多著作里，例如《资本论》里就有好些说到莎士比亚或者巴勒札克[1]的话。此地，只译了极少的几段。其中最值得注意的，就是他和恩格斯关于《息庆耿》的书信。这是他们对于"革命文学"的具体批评。在这两封书信里，读者可以看见马克思和恩格斯关于政治立场和文艺创作的关系的意见，以及他们关于文艺底创作方法的意见。

《息庆耿》这部悲剧是拉萨尔做的。拉萨尔自己以为这部悲剧表现着革命之中的矛盾，而是德国一八四八年革命的"艺术上的"结论。

拉萨尔在六十年代（十九世纪中期），是德国工人运动底组织者和指导者。他虽然是马克思的学生，虽然是德国最早的工人政党底一个领袖，但是，他不久就发展了"自己的"的主义——机会主义，形成了所谓的拉萨尔派。他最初是"忏悔"一八四八年革命的妥协，认为革命底失败是由于指导者底"理智"太强，没有顺着群众的热烈的"情感"一往直前地前进；后来，他这种"理智的与情感对立论"的错误，又把他引导到另一个极端：就是完全不信仰群众底的力量，甚至于认为小资产阶级的群众都是一般的"反动群

---

[1] 指巴尔扎克。

众"，而非常之崇拜所谓"现实政策"——敷衍涂砌的改良主义，他以为只有个人的英雄能够改造社会，能够统一德国。因此，他屡次企图"联合"俾士麦克 [1]——他和俾士麦克有过许多通信（见 Gustav Mayer，"Bismarck und Lassalle. Gespräche und Briefe." Berlin，Dietz，1928），这就简直是背叛工人阶级了。

在《息庆耿》那部悲剧里，拉萨尔对于一八四八的革命的"绝望"，以及倾向于唯心的解决"革命矛盾"的情绪，都已经表现了出来。息庆耿是十六世纪德国宗教改革时代底人物，他和他的顾问古滕都是德国历史上的著名"英雄"。拉萨尔描写他们反对诸侯底失败，想要暗示革命之中"理智与情感"底根本冲突。他根本不了解十六世纪的农民运动底意义。他同样的不了解 1848 年前后的革命策略，所要联合的，不是群众的民权主义，而是自由派的上层阶级。所以马克思批评他说：

> 你也许像你自己的弗朗茨·封·息庆耿一样，在相当的程度之内，也做了那个外交式的错误，就是把路德派武士阶级的反对派放在蒙采尔派平民阶级的反对派之上了。

当宗教改革的时代——封建制度正在崩溃之中转变着自己的形式，适应着商业资本的新的发展。当时的武士阶级（恩格斯信里叫做贵族），也在反对着皇帝诸侯底旧式统治。而同时，"骚动"的农村中，却还有极广大的农民群众正在反对着统治阶级，这可是另外一种的反对派。武士阶级底反对，不过是因为当时的皇帝"从武士底皇帝变成了诸侯底皇帝"了。这仿佛中国底一些"失意的"绅士，要提出打倒劣绅的口号，而自命为正绅。他们其实都在幻想着恢复古代"拳头政治"。那古代的"拳头政治"，是所谓"太平"时代：每一个地主——一直到小地主，都是当地的土皇帝，可以任所欲为；而后来，商业资本把市场作用扩大了，因此也扩大了"行政区域"，于是有些地主——武士，所谓"正绅"的"拳头"势力，就被兼并了，被剥夺了，

---

[1] 指俾斯麦。

诸侯以至于皇帝客观上执行着集中化的作用。贵族之中发生了好些破产的，落伍的，因而"忏悔的"武士，他们忽然出来替平民打抱不平了。至多，他们只会客观上代表一些初初发生的资产阶级的思想。他们要的，也许是"民族的统一"，也许是"宗教的自由"，也许是笼统的改革和进步，"文明"和"光明"。他们的主要策略，不会不是妥协主义，不会不是"从上面来维新"，尽可能的多保存些封建式的特权和中世纪式的一切种种龌龊东西。至于农民和一般城市平民群众底民权主义，那却是相反的，他们要求尽可能地肃清封建的一切残余，彻底地扫除中世纪的腐败恶劣的垃圾堆，尤其是农民所要求的改革，——废除地主私有土地的制度，——是要废除封建阶级的物质基础的。因此，这两种反对派之间，不会不发生冲突，这是阶级的冲突——而不是什么理智与情感的冲突，不是什么心理上的悲剧。对于息庆耿——武士贵族的代表，悲剧是在于他是没落的阶级，他的前面站着兼并他的皇帝和诸侯，他的后面又是要连他都推翻的农民群众，真所谓前有毒蛇，后有猛虎，是个没有出路的局面！他的"改革"客观上只是维持旧式剥削制度的一种手段。这是所谓路德派的反对派。至于蒙采尔——德国农民运动的一个领袖——却是群众的革命要求底象征，他所要的是根本推翻封建底一切种种方式的统治。这种资产阶级民权革命之中，工人应当联合农民群众底革命的民权主义，而反对武士正绅改良的立宪主义或者训政主义。乌梁诺夫说：

正是"左派联合的策略"，正是城市"平民"（现代的无产阶级）同民权主义的农民底联合，使得十七世纪的英国革命和十八世纪的法国革命，得到那样的规模和力量。关于这一点，马克思和恩格斯说过了许多次，不但在一八四八年，而且在此后很迟的时候。为得不要再引那些引证过许多次的话，我们现在提出一八五九年马克思和拉萨尔的通信。马克思关于拉萨尔底悲剧《息庆耿》说：那篇戏剧里所表现的冲突，"不但是悲剧的，而且正是把一八四八——一八四九年的革命党极有理由地引导到了破产的那个悲剧的冲突"。马克思已经一般地指出了后来同拉萨尔派和爱圣纳赫派的不同意见底整个路线，他责备拉萨尔，说拉萨尔做了错误，"因为把路德派武士阶级的反对派放在蒙采尔派平民阶级的反对派之上"。我们这里不关涉到马克思底责备是不是正确的问题：我们以为这是正确的，虽然拉萨尔竭力地辩护，要想逃避这个责备。重要的是，马克思和拉萨尔都认为把"路德派武士阶级的"反对派（译成二十世纪的俄国话，就是自由主义地主阶级的反对派）放在"蒙采尔派平民阶级的"反对派（同样的翻译出来，就是无产阶级农民群众的反对派）之上——显然是错误的，还对于社会民主党是绝对不容许的！（乌梁诺夫，一九一一年，《选举运动底原则问题》——见乌氏文集第二版，卷十五，三四七页）

总之，这种机会主义的观点，对于工人革命家——"社会民主党"在一九一一年还是工人革命政党底正式名称——"是绝对不容许的"。拉萨尔的政治立场，他的机会主义，他对一八四八年革命中动摇的小资产阶级领袖的同情，——也反映在他的文艺创作里。马克思和恩格斯都批评他的错误。虽然他自己也认为这种观点是错误的，是绝对不容许的，——因此他"竭力地辩护"，——然而事实上他是抱定了这种错误观点。用不着埋怨什么"诛心之论"，马克思、恩格斯对于拉萨尔的"诛心"的批评，的确预言了拉萨尔的政治命运——他始终走上了同俾士麦克联合的道路！文艺和政治是不会脱离的，即使作家主观上要脱离政治也是不行的，或者，作家主观上要做一个"即使无益也不会有害"于革命的职业文学家，更好些的，甚至于自以为是"从来没有做过错误的"革命文学家，然而，如果他不在政治上和一般宇宙观上努力去了解革命和阶级意识的意义，那么，他客观上也曾走到出卖灵魂的烂泥坑里去，他的作品客观上会被统治阶级所利用，或者，客观上散布着麻醉群众的迷药。这对于诚恳的要想向着光明前进的作家，是很重要的问题。

当然，也有例外的。例如只要"伟大"，不管什么别的"闲事"的文学家，自然可以不顾这些问题。他们的意见是：托尔斯泰，易卜生，弗洛贝尔等等始终是"伟大"的，虽然他们"并无正确的意识"；努力做个"托尔斯泰"罢！当然咯，拉萨尔虽然是个机会主义者，他却成了世界史上的名人，而当时的非机会主义的无名小卒，始终只是些无名小卒。对这一类的"文学家"，还有什么话好说！

关于文艺的创作方法——马克思指出拉萨尔的"塞勒主义"是"极大的错误"，恩格斯也说："思想之外，不要忘记现实主义的要素，塞勒之外不要忘记莎士比亚。"

拉萨尔的塞勒主义是浪漫主义之中的一种。这是反现实主义的创作方法。他既然用唯心论的观点去分析革命势力底消长和革命之中底"悲剧的冲突"，他就不可避免地要走上反现实主义的道路。塞勒的创作方法，就是专靠一些"时代精神"的代表思想，用一些"英雄"来做他们的化身。这样，拉萨尔创作的方法，一开始就走上错误的道路，他跟着塞勒，至多只能够走到左派资产阶级的激进主义，用一些慷慨激昂淋漓尽致的空谈，来掩盖自己对于社会现实生活的糊涂的观念。资产阶级革命底时代，那种浪漫主义——英雄主义，固然也有些"优点"，它客观上表现着新兴的青年的先进阶级底"狂飚和袭击"，但是同时，它已经在反对封建的过程之中埋伏着蒙蔽群众的迷药。这就是一些笼统的"博爱，自由，平等"的欺骗，一些"高尚的情思"，一些含糊的"正直"，"进取"的口号。这里，不会有切实的认识现实，也就不会有切实的改造现实底意识上的武器。阶级的观点是不用说更不会有的了。正眼观看现实的真正勇气，被虚伪的空喊的"英勇"所代替了。何况拉萨尔写《息庆耿》的时代，那些"英雄的"狂飚主义的使命早已过去了，剩下的只是空洞的革命情感主义——对于自己是欺骗，对于群众也只是欺骗。无产阶级的阶级利益，本身就和全人类社会底真正进步是一致的，他们的热情，理想，高尚情思的根源，就发生于赤裸裸的丑恶的现实，他们用不着虚矫的神圣化的情感上的麻醉和激刺才能去鼓动群众的革命斗争，那只是初期资产阶级革命底需要。相反的，无产阶级所需要的，是切实的唯物论辩证法的认识现实——认识具体的阶级关系和历史条件，这是决定他们革命策略的基础，这是改造现实底真正的出发点。所以在文艺上，他们不会需要浪漫主义。中国底初期革命文学——往往有些"革命的团圆主义"，那是比拉萨尔更粗浅十倍的，可是，居然会被称为"普洛文学"！

自然，说"不要忘记现实主义的要素"，并不是要抛弃一切热情，理想，思想和"最终目的"。只有庸俗的实际主义者，才会只管今天的饭碗或者明天的饭碗，只顾个人的"衣食住行"——而不要一切理想和思想，不要热情和鼓励，不要"理论"和"幻想"，不要"发议论"或所谓"哲学化"，——有人认为这是实际主义，甚至于认为革命也只有这样"实际"才能够干，至多，也只想到个人没有饭吃才要革命，革命只不过是穷人造反，丝毫高尚的理想也没有。可是，无产阶级却不但要吃饭等等，他们的"实际"是按照现实的社会阶级关系，去改造整个的社会的制度，他们这个革命高尚理想不会是乌托邦；可也决不是饭碗主义，或者名利主义！真正的现实主义——不做资产阶级"科学"底俘虏的现实主义，应当反映到这现实世界之中的伟大英勇的斗争，为着光明理想而牺牲的精神，革命战斗的热情，超越庸俗的尖锐的思想，以及这现实的丑恶所激发的要求改革，要求光明的"幻想"，远大的目的。问题是在于怎样把这些情感和理想建筑在现实生活的基础之上，怎样表现意识转变的唯物辩证的规律性。

文艺应当是改造社会底整个事业之中的一种辅助的武器。社会的斗争是多方面的，社会现象底本身是变动的，是人自己的行动所组成的。如果文艺也还是人的行为底一种，那么，谁也不能够禁止它影响社会意识的形态，也就是在认识现实的过程之中去辅助现实底改造。反动阶级其实本能地感觉到这种可能，有时候是有意的制造着欺骗，他们时常运用文艺来阻碍社会底改造，麻醉群众的意识。所以现在"十月"之后的新兴阶级，他们的文艺上的现实主义，绝对不会是简单的照相机主义。这现实主义决不会说，只要"绝对"客观地反映现实，"自然而然"就是革命文艺。其实，主观上要想"绝对客观地"表现的作家，他往往会走到所谓超阶级的观点，而事实上，把易卜生，托尔斯泰等等所反映的"狭隘的小小的中等资产阶级"的世界，或者守旧复古的农民的世界，当做是现实的世界。这在一定的条件之下，却未必就是"无害而甚至于有益"的文艺。易卜生，托尔斯泰等等的文艺，在当时的环境里，因为许多种的具体原因，可以在一定的国家发生相当的革命化的影响，在现实的环境里，也必须新兴的阶级用自己的阶级立场去批判，才能够真正接受这种文化遗产。无产阶级底阶级的和党派的立场，因为根本上是反对保存一切剥削制度的，所以才是唯一的真正的客观的立场，——不但在哲学科学上是如此，在文艺上也是如此。

马克思说，艺术是繁盛的一定时期和社会物质基础底发展并没有任何适应。"死鬼常常会抓住活人的。"过去时代的意识往往会残留在现代，何况统治阶级总是些"骸骨迷恋者"，时常想利用"死鬼"来箝制"活人"，而一些小资产阶级的文人学者，也会无意之中做了死鬼的爪牙。但是，胜利的工人阶级却要冲破这个天罗地网，他们不但实行了改造经济的计划，并且在这种计划里进行着思想意识上的斗争，文艺的新的繁盛时期尽可能地跟着社会物质基础底改造而开展起来。革命战斗远没有胜利的地方，文艺斗争应当也是这种战斗之中的一个阵线。"不做你们——旧社会——的走狗，始终要成为你们的敌人的"——这是"超阶级"文学家所应当有的觉悟。

如果神话是"自然界和社会形式在民众的幻想之中所经过的无意之中的艺术上的制作"，那么，现在这簇新的时代底艺术，应当是民众对于自然界和社会形式的自觉的了解底艺术上的表现。这新的艺术应当是民众的，——只顾作家底自由不顾读者群众底需要，拒绝估计民众底兴趣，拒绝适应民众底要求，拒绝表现民众生活经验而回答他们的疑问，希望和理想，那是资产阶级"高超的"个人主义，这新的艺术应当根据于新的阶级的党派的科学，这就要有脱离了神话和资产阶级科学底支配的"幻想能力"。现在不但迷恋着宗教神话的艺术，是"可笑的假扮小孩子的成年人"，就是迷恋着易卜生时代的文学家，也像满头插着红花绿叶的刘姥姥，很难冒充年轻姑娘的老妖精了。当然，这不是说我们完全不要一切过去的文化遗产和文学遗产。不然的。我们必须继承这些遗产，但是一定要有批判的精神，一定要有阶级的立场，一定要努力学习新的阶级底宇宙观，而在克服可能的错误底过程之中，去达到真正科学的对于自然界和社会现象底认识。对于一切古代的文化遗产，都要真正感觉到自己是个成年的大人，——那过去的儿童时代是不能够再来的了，对于资产阶级的科学艺术也是这样。马克思教我们留心希腊时代的艺术，但是，他告诉我们，这是人类社会底儿童时代，你可以在这里"再现"儿童时代底天真稚气的可爱的景象，而不能够自己也去"重新变成小孩子"，那是可笑的。

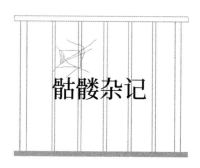

骷髅杂记

序

　　肉已经烂光了，血早就干枯了，但是，骷髅还是不肯沉默。自然，他只会说些鬼话，只会记载些无聊的记录。谁知道呢——也许活人在深夜梦醒的时候，偶然高兴的听着这些鬼话。或是不愿意听，就说这是鬼叫，把耳朵塞住，钻到被窝里去，做他们的春梦。那就让骷髅留着他的杂记给鬼看罢。人的将来总是鬼。这世界始终要变成鬼世界。不过对于鬼，这些杂记也许又都是不新鲜的了。

Wenin.1932.11y.

"Apoliticism"——非政治主义

　　每一个文学家其实都是政治家。艺术——不论是那一个时代，不论是那一个阶级，不论是那一个派别的——都是意识形态的得力的武器，它反映着现实，同时影响着现实。客观上，某一个阶级的艺术必定是在组织着自己的情绪，自己的意志，而表现一定的宇宙观和社会观；这个阶级，经过艺术去影响它所领导的阶级（或者，它所要想领导的阶级），并且去捣乱它所反对的阶级，问题只在于艺术和政治之间的联系的方式：有些阶级利于把这种联系隐蔽起来，有些阶级却是相反的。

　　自然，有些作家的作品，表面上看起来，似乎是没有丝毫的政治臭味。这种作家其实也是政治家。有时候他们自己也明明知道的。他们认为必须叫"读者社会"有点儿特殊的消遣，使得他们的心思避开严重的政治问题，避开对于社会问题的答覆。——这可以用"为艺术的艺术"的假招牌，也可以是虚伪的旁观主义。这难道不是政治？诱惑群众，使他们不问政治——这常常是统治阶级的一种手段。有些艺术家是有意的去做这种手段的工具，有些却是无意的。

　　无意之中做政治手段的工具，做维持剥削制度的工具，——这在一般小资产阶级的文学家，艺术家，是常有的事。我们揭穿这种事实，无非是要他们自己清醒一下，谨慎一些，认真的挑选自己的道路：究竟同着群众走，还是同着统治阶级走。他们之中有些回头过来，有些一直往死路上走，这是他们的自由，谁也干涉不了。

至于反动阶级的艺术家，口头上否认着政治，实际上正在实行着自己的政策，那是因为他们认为这样更方便些，更巧妙些，更可以达到自己的目的。他们以为那些公开的叫喊着"祖国，民族"的反动的文艺政策的人，未免太蠢笨了些。这两种反动政策的互相竞争，只是反动阶级内部的纠纷，——中国最近三四年来这种纠纷是在表演着，然而他们两方面的目的是一致的。新月派之类和民族派之类的"争论"就是这么一回事。现在表面上是"非政治主义派"占了上风：谁都要学着说几句风凉话，其实是战术更加精密了。

无论什么阶级都在拥护自己的利益。但是，并不是个个阶级都利于公开的承认这个事实。甚至于需要自己骗骗自己。自己的利益和大多数群众冲突的阶级，总在竭力找寻一些假面具。而艺术对于他们往往是很有用的武器，他们正需要能够掩蔽自己的政治手段的艺术。这就是那种"精密的战术"了。

十八世纪时代的西欧资产阶级，总之，那些还在反对封建的旧统治的资产阶级，在当时，往往喜欢自命为劳动群众的先锋，所以它们的艺术还是公开的主张战斗的。那时候，艺术家的理想是要号召"维新"，"改革"，"启蒙"，他们认为自己的作品能够充满着这些号召是光荣的。后来，情形自然不同了。资产阶级开始想尽各种方法，来束缚群众，阻碍群众的前进，维持经济上政治上文化上的奴隶制度。反革命之后的中国资产阶级，同着地主买办和帝国主义，正在进行这种文化上束缚政策。这年头，已经早就不是"五四时代"了！他们至少也要说艺术应当是非政治的。

而现代的人类的领袖阶级——无产阶级，国际的和中国的工人阶级却是绝对不同的，他们的目的不能够不是完全消灭剥削制度，他们不怕承认自己的意识形态是阶级性的，是党派性的。他们要创造新的艺术，他们的艺术要公开的号召斗争，要揭穿一切种种的假面具，要提出自己的理想和目的；他们要不怕现实，要认识现实，要强大的艺术力量去反映现实，同时要知道这都是为着改造现实的。资产阶级的作家，惯于偷偷摸摸地灌输资产阶级的"目的意识"，而表面上戴着雪白的"纯艺术"的假面具；他们冷笑着指摘无产阶级的作家，说："政治家，政治家，你算得什么艺术家呵！你的艺术是目的意识的！"

自然，有些艺术家主观上甚至于是革命的，但是，他们还没有了解这种理论和倾向的内容。他们也许只看见文学技术方面的问题，他们也许相信定命主义的社会发展。他们以为只要客观的描写出社会的现象，艺术家的任务就完结了。至于社会的发展，那自然而然是光明的势力将要占优胜的，艺术家何必有什么"目的意识"呢！自然，单有革命的"目的意识"是不能够写出革命的文学的，还必须有艺术的力量。然而运用艺术的力量，又必须要有一定的宇宙观和社会观。如果宇宙观和社会观是资产阶级的，那么，那所谓"客观的描写"，所谓"艺术的价值"就将要间接的替现存制度服务。同样，那种替"纯艺术"辩护的态度，恰好被反动阶级所利用。

美国的"同路人"

对于我，文学的基础是关于勇敢，恋爱，死亡底绝对个人的简单的猜测；这些勇敢，恋爱，死亡，和社会革命没有任何的关系；外表世界的制度里发生什么变化，又一点儿也不会关涉到它们。我所深切的爱好的诗意，图画，或是音乐，无论怎么样也不会帮助或者妨碍社会的改革——而我对于这种改革，完全和你们一样，也认为是应当的。我所特别尊重的文学是在研究个人的心灵底问题，而个人的心灵在时间和空间，希望和恐怖，爱好和憎恶底神秘之中活动着；这些东西，只要人还是人，大概是不会变更的，这些东西在我们现代的科学解释里面，不会有任何主要的改变。糖始终是糖，友爱始终是友爱，而死始终是死。

……趁现在，我们大家还没有被庸众所吞没的时候，让我们来公开的谈谈。即便一分钟也是好的，我深信：庸众痛恨你们，和痛恨我是一样的；庸众的心灵的深处，是愿消灭一切私人艺术家，一切experimentaters 的，——理由是很有根据的很充分的：就是这些艺术家以前都是，将来也永久是孤独的，反社会的，总有点儿"精神上的贵族"的轻蔑的神情的。这可是创作的必要条件；很明显的，庸众对于这个事实是非常之痛恨的。因此，我倒觉得很有趣：——总有一天"Left"杂志的编辑和我自己要一同排列在同一座砖墙的墙脚边，面对着武装的队伍，而一齐被枪毙，——枪毙的理由虽然各不相同，可是都是很有根据的呢。

希望你们现在健康，——我和你们在墙脚边相会吧。

——Arthur Davison Ficke

这是美国"Left"杂志上登出来的一封来信，签名的是费克，是个自命为作家代表的人。

"Left"季刊是美国同路人的杂志。

但是，那费克虽然自己说是赞成"社会改革"，虽然自命为作家代表，可只是所谓"同路人"罢了，所谓"作家代表"罢了。"Left"自己的态度并不是这样的。"Left"的错误是在于登载了费克的来信却没有给他相当的批评。"Internationale Litteratur"杂志对于这件事情发表了意见，认为"Left"的编辑委员会对于费克的来信没有指出他的政治目的，甚至于一句话也没有附加就给他登出来——是很不好的。

费克的态度是什么？对于中国的读者，这倒并不是新鲜的事情。

费克的态度是：无产阶级的阶级敌人的态度。现在，资本主义的一般恐慌，促进资产阶级社会的崩溃的速度，资产阶级的智识分子的广大的阶层，转变到革命运动方面来的，一天天的多起来；所以军事化的资产阶级，它的法西斯蒂的奸细和社会法西斯蒂的奸细，在文化战线上拼命的进行着最后的斗争，想要夺掉无产阶级的新的同路人，新的同盟军。费克故意挑拨，离间，造谣，诬蔑，他要在美国的革命的智识分子之间，破坏无产阶级革命的名誉，他故意要说无产阶级的文学始终不是文学，无产阶级不要文学；他轻蔑群众，甚至于认为轻蔑群众是创作的"必要条件"，说群众的干涉主义会要枪毙一切"私人艺术家"……——这就是那种斗争的一种方法。

这是借着"同路人"的名义来挑拨真正的同路人反对革命。

十一，八。